Paul Lascaux

SALZTRÄNEN

Paul Lascaux

SALZTRÄNEN

Kriminalroman

KRIMI IM GMEINER-VERLAG

Wir machen's spannend

Bibliografische Information
der Deutschen Bibliothek
Die Deutsche Bibliothek verzeichnet diese
Publikation in der Deutschen Nationalbibliografie;
detaillierte bibliografische Daten sind im Internet
über http://dnb.ddb.de abrufbar.

Besuchen Sie uns im Internet:
www.gmeiner-verlag.de

Im Ehnried 5, 88605 Meßkirch
Telefon 07575/2095-0
info@gmeiner-verlag.de

1. Auflage 2008

Lektorat: Claudia Senghaas, Kirchardt
Umschlaggestaltung: U.O.R.G. Lutz Eberle, Stuttgart
unter Verwendung eines Fotos von Paul Ott –
im Gegensatz zum Autorenpseudonym
Gesetzt aus der 10,5/14,5 Punkt GV Garamond
Druck: Fuldaer Verlagsanstalt, Fulda
Printed in Germany
ISBN 978-3-89977-757-4

Unter Intuition versteht man die Fähigkeit gewisser Leute, eine Lage in Sekundenschnelle falsch zu beurteilen.
Friedrich Dürrenmatt

Samstag, 16.9.2006

Heinrich Müller war groß geworden mit Pausenmilch, Perry Rhodan hatte ihn sozialisiert, Doktor Sommer aufgeklärt. Er war mehrfach unglücklich verliebt zu finnischem Tango, den schmerzhaftesten Herzensverlust hingegen begleitete Eric Burdons ›House of the Rising Sun‹. Erste detektivische Ambitionen bewirkte Michelangelo Antonionis ›Blow-Up‹, das Gymnasium beendete er mit Jimi Hendrix. Die Ausbildung zum Polizisten war überschattet vom Gegensatz zwischen Ländlern und chinesischer Revolution. Beim Austritt aus dem Polizeidienst unterstützte ihn die Entdeckung von Single Malt Whisky.

Es war eines unschönen Morgens in der Detektei *Aubois und Müller*. Heinrich Müller war von seiner Bestimmung her ein asketischer Mensch. Wenn er seiner Bestimmung gehorchte, aß er selten zu viel und trank mäßig. Aber es gab auch diese anderen Tage, und sie waren häufiger geworden. Dann trank er richtig, bis zum besinnungslosen Besäufnis, sodass er manchmal nicht mehr wusste, wie er nach Hause und in sein Bett gekommen war. Dann blieben ihm am nächsten Tag ein Zittern und eine Übelkeit, die es ihm zu essen und zu trinken verbat.

Heute war so ein Tag.

Womit gleich gesagt ist, dass es sich bei der Detektei *Aubois und Müller* um eine Wohnung handelte, von der ein Zimmer als sogenanntes Büro herhalten musste, sehr zum Missfallen des dunkelbraun getigerten Katers mit weißem Bauch, der von den gelegentlichen Telefonanrufen aus seinem Schlaf gerissen wurde. Aber eigentlich gehörte auch er nicht hierher, war ein Zugezogener, ein Wesensverwandter.

Heinrich Müller hätte an diesem Morgen auch nicht gewusst, wo er hingehörte. Aber als er den Kopf von der Tischplatte hob, sah er als Erstes seine Visitenkarten, die er in drei Sprachen hatte drucken lassen: Heinrich, Henri und Henry Müller, von seinen Freunden genannt Heiri, von denen, die ihn aufziehen wollten: Henry Miller.

Einen Aubois gab es nicht, aber es setzte Müller in der Liste der Berner Detekteien und Auskunfteien im Telefonbuch an die vorderste Stelle. Es gab ihm einen Anstrich von Seriosität, den der Name Müller alleine nicht gesichert hätte, und er brachte ab und zu französische Kundschaft, was in der Hauptstadt eines mehrsprachigen Landes jedenfalls kein Nachteil war.

Hauptsächlich beschäftigte sich die Detektei *Aubois und Müller* mit Fällen einfachen Versicherungsbetrugs, manchmal mit Ehebruch, ausnahmsweise auch mit Bewachungsaufträgen und Personenschutz. Müller schätzte die letzteren nicht besonders, da sie das Tragen einer Waffe nötig machten, und er fühlte sich eindeutig wohler ohne Pistole. Versicherungsbetrug hingegen war meist eine angenehme Recherchearbeit, die ihn mit allen möglichen Menschen in Kontakt brachte.

»Warum soll's mir gut gehen, wenn es mir auch schlecht gehen kann«, sagte Müller zu niemand Bestimmtem, denn es war keiner anwesend. Allerdings maunzte Baron Biber, wie er den Kater nannte, wie als Bestätigung seiner Worte. Und Müller dachte wieder an sein Credo. Während andere sich in Fitnessstudios quälten oder sich esoterischen Gurus unterwarfen, pflegte er seinen athletischen Körper mit seinem Gehirn in Übereinstimmung zu bringen nach der Katzen-Methode: die Gelassenheit des Tieres, seine scharfe Beobachtungsgabe, aber auch seine sprunghafte Schnelligkeit und die gespannte Aufgeregtheit waren ihm Anregung und Vorbild für das eigene Dasein. Jetzt allerdings war Baron Biber beim Putzen des Fells unvermittelt eingeschlafen. Die Zunge hing noch aus dem Maul, aber die Augen waren bereits geschlossen.

Nun hatte Heinrich Müller sich mit seiner Selbstständigkeit als Privatdetektiv auf etwas Bedrohliches eingelassen. Nicht so sehr wegen der finanziellen Engpässe. Damit konnte er leben. Aber die Leere der Tage, an denen er nichts zu tun hatte, gefährdete seine geistige und körperliche Gesundheit: Grübeln, Fressen, Saufen – damit ließen sich die Gefahren zusammenfassen.

Deswegen hatte er sich eine Reihe von Hobbys zugelegt, die ihn stundenlang von selbstzerstörerischen Gedanken fern halten konnte. Mit dreien davon hatte er sich in den letzten Tagen beschäftigt. Das war erstens das Erstellen von Listen; eine davon beschäftigte sich mit den ungelösten Rätseln dieser Welt. Das Zweite war die Gründung von Vereinen, fiktive Organisationen meist, die es nicht über den Schreibtisch des Verfassers hinaus brachten, beispielsweise einer ›Interessengemeinschaft für das Abbrennen von Feuerwerk in Zimmerlautstärke‹. Das Dritte war das Beobachten der Natur und das Erfinden von Gegenständen, die den Umgang mit ihr üblicherweise erschwerten. Meist aber verlangsamten diese Dinge den alltäglichen Ablauf und brachten durch ihre Entschleunigung die Welt langfristig wieder in Ordnung. Im Moment beschäftigte er sich mit den Geräuschen von Wasser, in das er ein plastikumhülltes Mikrofon hielt. Er wollte den Unterschied herausfinden,

den das Blubbern in kochendem Wasser von dem in Suppe verursachte. Er registrierte den Lärm aneinander reibender Teigwaren und klebenden Reises. Und wer von seinen Freunden ein Aquarium besaß, musste jederzeit damit rechnen, dass Henry die Gespräche der Fische registrieren wollte.

Außerdem arbeitete er an einem Auftrag. Deshalb war ihm der Absturz von letzter Nacht selber unerklärlich.

Henry Miller beschattete einen Objektkünstler. Damit hatte es gestern angefangen. Er war zu einer Vernissage eingeladen. Er hoffte, dass es die letzte sein würde. Bereits in den vorangegangenen Monaten hatte er mehr als einmal das nicht ungeteilte Vergnügen, bei Anlässen dieses Künstlers anwesend zu sein. Unverständliche Collagen, fragile Werke, fettreiche Snacks, knackige Weine, die einem allesamt aufs Gehirn schlugen. Dazu die Künstlergroupies, die keinen Blick übrig hatten für den Detektiv, weil er nicht so gescheit vor sich hinschwatzen konnte. Also hatte der eben gesoffen, und nicht zu knapp.

Langsam kam die Erinnerung zurück. Man war von der Galerie noch zum Atelier des Meisters gezogen. Müller hatte sich dazugesellt. Nein – er war eingeladen worden! Das schien ihm nun ziemlich überraschend. Das erste Mal, dass man ihn wahrgenommen hatte. Nach dem dritten Kaffee dämmerte es ihm auch, warum. Henry Miller, so hatte er sich den Anwesenden vorgestellt – war das peinlich! –, Henry Miller also hatte vorher in der Galerie ein unbezahlbares Meisterwerk von der Wand geschlagen. Er könnte schwören, dass er das Bild nur ganz leicht gestreift hatte, dass es gar nicht richtig festgemacht und deshalb heruntergefallen war.

Aber der Künstler hatte ihn beim Ellbogen genommen und gesagt: »Jetzt komm schon wieder hoch. Das macht doch nichts, das wird die Versicherung der Galerie bezahlen. Ist ja nicht das erste Mal. Du kommst jetzt mit zu mir, da feiern wir noch ein bisschen.«

Was sollte Heinrich Müller dazu sagen, er, der doch von der Versicherung genau deswegen zur Vernissage geschickt worden war, um herauszufinden, ob es sich bei der Häufung von Totalschäden an Kunstwerken dieses Objektkünstlers tatsächlich um Zufall oder um Versicherungsbetrug handelte. Nun war er selber zum Anlass für eine Verlustanzeige geworden. Grund genug, sich heillos zu betrinken. Er würde den Fall zurückgeben.

Eigentlich war Heinrich Müller immer lernbegierig. Auch bei seinen Ermittlungen versuchte er jeweils, von den Verbrechern zu lernen, festzustellen, welche Techniken ihm nützlich sein könnten. Das half ihm später bei seinen Recherchen. Es beruhigte ihn auch als Gedankenspiel, wenn ihn wieder mal eine Frau, die er als Freundin bezeichnet hatte, im Stich gelassen hatte. Er lag im kühlen Bett, konnte nicht schlafen, der Magen schmerzte, das Herz drückte. Er war wütend. Dann griff er zu einem Kriminalroman.

Müller las viel. In der Literatur aber gab es hauptsächlich Detektive, Polizisten, Kommissare, die zu ihrer Arbeit ein gespaltenes Verhältnis hatten. Es war meist auch keine Arbeit, sondern sie mussten einen Job erledigen, etwas Vorübergehendes, obwohl jeder wusste, dass nach dem einen Job der nächste folgen würde, der sich in nichts vom vergangenen unterschied. So aber wollte er seine Arbeit nicht sehen. Er hatte sie bei der Polizei gelernt und als Freischaffender verfeinert. Es war alles, was er in seinem Leben gelernt hatte, er hatte nichts anderes tun wollen, nichts anderes tun können.

Es lag ein Widerspruch in seinem Denken und Fühlen, vielleicht war dies der Grund für sein Gelegenheitssaufen, seine Frauengeschichten, die seltener waren, als er es sich wünschte. Oder war er selber der Anlass für die zeitweiligen Abstürze, seine Sicht der Welt der Grund für flatterhafte Bekanntschaften? Er wusste es nicht. Er mochte auch nicht darüber nachdenken. Das Leben ging viel zu schnell vorbei, als dass er sich deswegen Sorgen machen wollte.

Müller liebte seine Arbeit, wie jeder andere seine Arbeit liebte. Vor Routineaufgaben, wenn also eine Überwachung oder ein Personenschutz anstand, nahm er sich ein Thema vor, das er in all seinen Aspekten durchdenken wollte. Dann kam gar nicht erst Langeweile auf wie bei den Kollegen, die Wetten abschlossen in der Art, von welchem Baum zuerst 50 Blätter fallen würden.

Ganz besonders mochte Henry Ermittlungsarbeit, erstens, weil sie so selten war, zweitens, weil er da sein Gehirn brauchen konnte, wie ein Schachspieler, der eine Partie spielte, von der er die vorhergegangenen Züge noch nicht kannte, die Figuren erst kennenlernen musste und – wenn alles in seinem Sinne ging – nur die nächsten Züge mitbestimmen oder gar vorausbestimmen konnte. Das forderte seine Intelligenz. Diese Einsätze waren der Ansporn, seinem Beruf treu zu bleiben.

Sonntag, 17.9.2006

Als Bähler Hans, genannt Housi, am Eidgenössischen Buß- und Bettag auf der schmalen Straße von der Wildenalp runter in den Kurzengraben hinein fuhr, wie immer mit leicht überhöhter Geschwindigkeit, tauchte unvermutet ein blauer Wagen vor ihm auf. Housi hatte das Steuer nach der engen Kurve fest im Griff, war jedoch überrascht von der Langsamkeit des anderen Autos, dessen Lenker eine Abzweigung zu suchen schien, denn jetzt blinkte er rechts und fuhr an den Straßenrand.

Bähler setzte zum Überholen an. Auf gleicher Höhe mit dem alten VW Golf, das fiel ihm nun auf, beschleunigte der andere wieder und hielt das Tempo. Die beiden Wagen füllten die Breite der Straße bis auf wenige Zentimeter aus, und die steigende Geschwindigkeit verstärkte die plötzlich aufkommende Angst.

Im letzten Augenblick erkannte Housi die Gefahr. Er stand voll auf der Bremse, der andere, den er durch die dreckige Scheibe nicht erkannt hatte, schoss davon, schlenkerte nach links und gab Gas. Bähler bemerkte nun das abschüssige Ufer des Flüsschens, in das man ihn stoßen wollte. Er sah auch, dass der Widersacher keine Nummer an seinem Heck hatte. Dann brach Housi der Schweiß aus. Er fühlte jeden Tropfen, der über Stirn und Rücken rollte.

Montag, 18.9.2006

»Gestern haben sie den Bähler Housi gefunden in seinem Auto. Tot. In den Alphornbaum geprallt eingangs Kurzengraben, ungebremst aus einer Kurve heraus. Sagt man. Der Wagen ist völlig ausgebrannt. Die Feuerwehr brauchte eine halbe Stunde bis zum Unfallort. Da war nichts mehr zu machen. Da werden sie noch üben müssen, denn wenn es nicht ein bisschen schneller geht, brennt jeder Bauernhof bis auf die Grundmauern nieder. Und hat man dann noch Zeit, das Vieh zu retten?«

Graber Rudolf schüttete seine Milch in den Trichter über dem Einfüllstutzen. Sein Cousin Graber Ulrich stand in einem seiner rotkarierten Hemden vor der Käserei, stellte seine Kannen bereit und antwortete: »Ein Jammer um die Kühe, zum Glück ist man versichert, da wird der Schaden großzügig abgegolten, da kriegst du mehr als auf dem Schlachtviehmarkt.«

»Aber dann? Willst du neu aufbauen, wieder anfangen in diesen unsicheren Zeiten? Oder etwa mit dem Geld in die Stadt ziehen? So viel wird es nicht geben, dass sich das rechnet.«

»Der Bähler Housi, hast du gesagt? Der Einwäger von *Moloko*? Wen werden sie nun schicken zum Einkauf von Milch und Käse?«

»Was kümmert's dich«, brummte Rudolf und strich sich mit der wettergegerbten Hand über sein weißes, schütteres Haar.

»War er nicht vorgestern noch bei euch, wegen der Milchkontrolle?«, fragte Ulrich.

»Ja, sicher. Wie immer alles sauber. Was willst du damit andeuten? Pass auf, dass die Kühe kein Blut in der Milch haben, wenn du schlecht über andere redest.«

Ulrich wehrte sich: »Ich hab nichts gesagt. Ich hab nur gefragt, ob der Bähler Housi nicht noch bei euch war vorgestern. Vor dem Unfall. Der ist ja anderntags auf der gegenüberliegenden Talseite geschehen. Ihr werdet nichts damit zu tun haben.«

»Macht vorwärts, Leute, der nächste bitte, die Käserei ist nicht bis Mitternacht geöffnet!«

»Etwas stimmt nicht bei diesem Unfall«, sagte der für den Kurzgraben zuständige Kantonspolizist Hermann Blaser zu seinem Langnauer Kollegen. »Die Spurensicherung empfiehlt den Beizug der Kriminalpolizei. Ich habe bereits mit Bern telefoniert.«

»Wo liegt das Problem?«, fragte Hans Zaugg.

»Gehen wir davon aus, dass der Fahrer mit überhöhter Geschwindigkeit in die Kurve hineinrast, geradewegs in die einzeln stehende Fichte, den einzigen Baum weit und breit.«

»Nun ja, das kommt immer wieder vor. Aber du hast recht. Nicht der Bähler Housi, der kennt jede Kurve im Emmental. Er müsste einen Herzschlag gehabt haben oder eingenickt sein.« Man erkannte Zaugg daran, dass er mit dem Mittelfinger über seinen langen Nasenrücken fuhr, wenn er nachdachte.

»Wäre möglich. Verletzungen an der Leiche sind nicht mehr festzustellen. Aber das Blut war ziemlich stark mit Alkohol verdünnt.«

»Dabei hab ich doch gehört, dass Alkohol in der Hitze verdunstet.« Das Lachen blieb ihm im Halse stecken, als er Hermann Blaser anschaute. Zaugg räusperte sich. »Entschuldige.«

»Es war kein schöner Anblick«, meinte Blaser. »Das eine Schnäpschen hier, der andere Kaffee fertig da, da läppert sich schon was zusammen.«

»Der Bähler Housi war bestimmt daran gewöhnt. Der hätte sich nicht so schnell beeindrucken lassen. Bleibt also ein Sekundenschlaf. Nun gut. Das Auto prallt an den Baum, dabei gehen die vordere und die hintere Scheibe zu Bruch, alles fängt Feuer, Housi verbrennt. Und was verbrennt mit ihm?«

»Alle seine Unterlagen. Die Listen der Milch- und Käseeinkäufe der vergangenen Monate, die Bezüge der Bauern.«

»Das ist bestimmt im Zentralcomputer von *Moloko* gespeichert«, wandte Zaugg ein.

»Falls er dort alles eingetragen hat. Aber etwas anderes stimmt nicht.«

»War er angeschnallt?«, fragte Zaugg.

»Nein.«

»Und er hat keine Airbags in seiner alten Karre.«

»Stimmt.«

»Also ist er mit dem Kopf in die vordere Scheibe geflogen.«

In Blasers kurzen Haaren standen Schweißperlen, als er sagte: »Erstes Rätsel: Wieso ist die hintere auch kaputt gegangen?«

»Vielleicht ist sie beim Brand zersprungen.«

»Möglich ist alles, aber vorstellen kann ich mir das nicht.« Blaser fuhr weiter: »Zweites Rätsel: Warum brennt die Karre überhaupt? Vorne ist der Motor, der Tank liegt hinten.«

»Nun mach's nicht so spannend. Was sagt der Untersuchungsbericht?«

Doch Blaser ließ sich von der Nervosität des jungen Kollegen nicht anstecken, als er referierte: »Der behauptet, jemand habe Benzin über die Karosserie geschüttet und angezündet. Der Tank sei erst später explodiert. Und er schließt: die beiden Scheiben seien beinahe gleichzeitig eingeschlagen worden.«

Zaugg pfiff leise zum Fenster hinaus, während er die Kühe auf der Weide beobachtete. »Im Klartext: Wir hätten es mit einem Mord zu tun.«

»Ja.«

»Wie lautet die Begründung?«

Blaser fasste aus dem Bericht zusammen: »Der Lack auf dem Blech ist von oben her verbrannt, wie wenn das Feuer sich von außen her durchgefressen hätte, während bei einem Brand im Motor oder vom Tank aus der Lack Blasen bilden würde, die man auch bei vollständiger Verbrennung noch sehen könne.«

»Dass sich die Benzindämpfe durch ein Loch im Tank erst ausgebreitet und dann entzündet haben könnten, ist nicht möglich?«, fragte Zaugg.

»Kaum. Benzindampf haftet nicht auf der Oberfläche, sondern verbrennt in der Luft. Erst wenn andere Materialien, zum Beispiel die Schaumstoffe in den Sitzen, mit flüssigem Benzin getränkt werden, brennen sie. Außerdem hatten wir Bise, der Wind kam also den Graben hinauf, Bähler hingegen fuhr abwärts. Also hätte der Wind die Benzindämpfe vom Auto weggeweht.«

»Gut überlegt, schlecht ausgeführt«, meinte Hans Zaugg.

Hermann Blaser antwortete: »Gut genug ausgeführt. Housi Bähler ist tot. Sämtliche Unterlagen sind verbrannt, das Notebook unbrauchbar. Und alle Spuren sind verwischt.«

Mittwoch, 20.9.2006

Hätte Heinrich Müller an diesem Morgen geahnt, wie die folgende Untersuchung, die so einfach und übersichtlich begann, enden würde, er hätte das Telefon klingeln lassen und wäre nicht aufgestanden. Er hätte sich noch einmal umgedreht und den Schlaf des Gerechten verlängert. Es wäre nichts weiter passiert, weil der Anrufer einen anderen Detektiv gesucht und keiner mehr nach ihm gefragt hätte. Aber das Leben besteht nicht aus Konjunktiven. Und Müller konnte jeden Auftrag gebrauchen.

So seufzte er denn seinen Namen in den Hörer. Seine Versicherung meldete sich, Peter Hofer, der Kontaktmann seiner Versicherung, um genau zu sein. Er berichtete kurz und knapp, wie er es gelernt hatte, die Fakten: Hans Bähler, Einwäger der Milch- und Käsegroßhandelsfirma *Moloko*, eine der größten der Schweiz, war ums Leben gekommen. Der Untersuchungsbericht der Polizei legte nahe, dass es sich bei Bählers Unfall nicht allein um einen Unfall gehandelt hatte, sondern Fremdeinwirkung anzunehmen war. Die Versicherung war nicht so sehr an der Aufklärung eines Mordes interessiert, eher schon daran nachzuweisen, dass es sich um Selbstmord handelte. Denn bei Selbstmord brauchte sie nicht zu zahlen. Und Bähler hatte zwei Wochen vor seinem Tod die bestehende Lebensversicherung nicht nur verlängert, sondern den Betrag beträchtlich erhöht. Auf genau zwei Millionen Franken.

»Gab es denn keine Spezialüberprüfung, wie es in solchen Fällen üblich ist?«, fragte Müller und gähnte.

»Nein«, erwiderte Hofer, »über *Moloko* ist grundsätzlich jeder Einwäger versichert. Weil die Leute so oft unterwegs sind, besteht ein gewisses Zusatzrisiko, deswegen wollte das der Arbeitgeber so. Aber die Erhöhung der Versicherungssumme erfolgte auf Antrag und Kosten von Bähler.«

»Wer sind die Nutznießer?«, fragte der Detektiv.

»Nichts Spektakuläres. Seine Familie. Die wohnt im Luzernischen, also relativ weit vom Unfallort entfernt.«

Hofer wollte die Unterlagen, insbesondere den Untersuchungsbericht der Polizei, den die Versicherung sogleich angefordert hatte, mit einem Fahrradkurier zum Auskunftsbüro schicken. Er ermahnte Müller, keine unnötigen Risiken einzugehen. Am besten fahre er für ein paar Tage nach Kurzenau, um sich ein wenig umzuhören.

Müller hatte im neuen Fall vorerst keinerlei Anzeichen von Gefahr gesehen, da der Hauptverdächtige – sollte es sich um Versicherungsbetrug handeln – bereits tot war. Aber als die Kopien der Akten auf seinem Schreibtisch lagen und er bemerkte, dass die Polizei von einem Tötungsdelikt ausging, wusste er nicht mehr, wie die Ermittlungen und die Risikolosigkeit miteinander in Übereinstimmung zu bringen waren. Es waren außerdem seine ersten Nachforschungen in einem Fall mit Personenschaden. Vielleicht – dachte er, als er die Pistole in sein Gepäck legte – waren die Mörder im Emmental besonders sanftmütig und konnten es nicht erwarten, enttarnt zu werden.

Bevor Henry abreisen konnte, musste er sich noch etwas für Baron Biber einfallen lassen. Er hätte gern eine Katzenfutterstation konstruiert. In seinem Kopf war sie bereits vorhanden. Aber neben technischen Problemen (das Nachrutschen des Futters musste gewährleistet sein, für Nassfutter war sie nicht geeignet) gab es auch die Erziehungsfrage. Wie brachte man eine Katze dazu, genau dann auf eine Taste zu drücken und eine Portion freizumachen, wenn sie Hunger hatte – und nicht etwa jedes Mal, wenn es ihr Spaß machte? Letzthin war ihm eine Zoohandlung aufgefallen, die nicht weit von seiner Wohnung im Berner Nordquartier entfernt lag. Dorthin lenkte er seine Schritte. Unterwegs registrierte er, was er als zunehmenden Verfall des sozialen Lebens betrachtete. Das Gestaltungsprinzip dieser Welt hieß Dreck, Staub, Unrat, Abgase, Dämpfe, Schimmel. Wenn es heute im Gebüsch eines städtischen Parks raschelte, war es keine Amsel und auch kein Eichhörnchen, sondern ein Junkie, der unter dem Jungwuchs nach verstecktem Heroin wühlte.

An die hässliche Wand der *Migros Breitenrain* hatte jemand ›Fuck Bush‹ gesprayt. Auf einem Pornomagazin am nahen Kiosk las er »The Bush is back«. Obwohl Pornomagazine auf Ficken spezialisiert waren – oder jedenfalls darauf, was sie dafür hielten –, meinten sie mit »Bush« doch nicht dasselbe wie der unbekannte Sprayer. Was heißt überhaupt ›The Bush is back‹? Wo war er denn die ganze Zeit? Lag er in einem schlecht beleuchteten Coiffeursalon am Boden? Oder im heimischen Schlafzimmer? Haarfrei mit Schnittwunden?

Müller hatte inzwischen die Zoohandlung erreicht. Er kaufte zwei große Futterbehälter für Katzen, eine für das Wasser, die zweite für Trockenfutter, sodass er Baron Biber das Fressen für ein paar Tage bereitstellen konnte. Der Kater würde jammern und reklamieren, wenn er wieder zurück wäre, denn er fraß lieber in Beutel abgepacktes Futter mit Mäuse- oder Fischgeschmack als staubtrockene Plätzchen. Aber da er meist erst mal beleidigt abhaute, wenn Müller nach Hause kam, gab es dazu nichts weiter zu sagen.

Der Detektiv stellte alles bereit, ließ das Küchenfenster einen Spalt weit offen, gerade genug, dass die Katze hindurchschlüpfen konnte, fixierte es, sodass es der Wind nicht aufstoßen oder zuschlagen konnte, packte dann seinen Rollkoffer und die Umhängetasche und machte sich auf zu seinem schwarzen Opel Astra, um dem Tal der Kurzen seine Aufwartung zu machen.

Mittwoch, 20.9.2006

Der Kurzgraben ist ein Schatten- und Nebelreich zwischen zwei Hügelausläufern, der Kurzenegg und der Wildegg. Die Straße führt hinter Langnau Richtung Entlebuch auf der rechten Seite nach Süden, entlang des Wildgrats zuerst nach hinten ins Tal, das immer enger wird. Die Bergflanken berühren auf beiden Seiten beinahe das Asphaltband, das parallel zum Bach verläuft. Dort, wo die Straße einknickt, wo es nicht mehr anders geht als von der Fläche den Berg hoch, kurz nach der Einmündung der Schatten in die Kurzen, gibt es eine Abzweigung in den Schattgraben, von wo der Weg nur noch zu Fuß weiterführt auf die Scheidegg.

Zuvorderst in diesem engen Tal findet man den Weiler Schatthalb mit seiner kleinen Käserei, die in den letzten Jahren einen so wunderbaren Emmentaler produziert hat, und drei oder vier Bauernhöfe. Aus dem größeren Haupttal wird die Milch hierher gebracht, auch hinunter von der Wildenalp, wo die Kühe gesömmert werden. Dort hinauf führt die schmale, kurvenreiche Straße weiter die Flanke des Wildgrats entlang, immer steiler, bis der Wagen knarzt, der Tacho kaum mehr schlappe 40 zeigt und die deutschen Touristinnen, die man im *Bären* aufgelesen hat, mit belegter Stimme flüstern: »Geht es nicht etwas langsamer? Wir haben Familie und Kinder zu Hause.« Zuoberst erreicht man die Alphütte, der das Restaurant *Sternen* angegliedert ist, ein beliebtes Ausflugsziel, ›nah am Himmel‹, wie die Wirtsleute, Fritz und Marie Bär, zu sagen pflegen.

Drunten im Tal liegt Kurzenau mit seinen gut 200 Einwohnern, drei Wirtschaften (*Bären*, *Löwen*, *Hirschen*, die unheilige gastwirtschaftliche Trinität im Emmental), einer Post, vor der die unregelmäßigen Postautokurse halten und die bald geschlossen werden soll, einer reformierten Kirche aus dem 19. Jahrhundert, einem Kolonialwarenladen (geöffnet zweimal die Woche, mittwochs und samstags), einem Lokalmuseum namens ›Heimatstube‹ (Besuche nach vorheriger telefonischer Anmeldung) und einem leer stehenden Schulhaus, vor dem die Schüler auf den Bus warten, der sie in den Hauptort bringen soll.

Im Schachen wohnen noch einmal 100 Menschen, dort, wo das Geschiebe der Kurzen vor ihrer Mündung in die Ilfis Überschwemmungsboden bereitstellt. Dort steht die Mehrzweckhalle, die einmal im Jahr für die Gemeindeversammlung und nach Bedarf für das Treffen der Käsereigenossenschaft genutzt wird, während sie sonst den drei Dorfvereinen zur Verfügung steht: dem Schützenverein, der Damenriege und dem Jungzüchterverband Kurzengraben. Runde Geburtstage, Hochzeiten und Tauf-essen finden in einer der drei Wirtschaften statt, wo auch die Politik am Stammtisch ausgemacht wird, und zwar Dorf-, Tal-, Kantons-, Landes-, Europa- und Weltpolitik.

Drei Besonderheiten im Tal der Schatten sind noch zu erwähnen: Erstens der Sandstein-Gewölbekeller, den die Armee in den Dreißigerjahren aus der Fluh unterhalb der Scheidegg herausgebrochen hat, um dort Munition zu lagern, und der heute dem Käser zur Affinage seiner Emmentaler dient. Zweitens eine spektakuläre, steile Schlucht, die die Schatten aus derselben Fluh am Ende des Tales gegraben hat und die heute bis auf halbe Höhe begehbar ist. Dann – hinauf zur Scheidegg – folgen Treppen mit rostigen Stahlseilen und eine Leiter, der nicht mehr zu trauen ist. Und drittens befindet sich oberhalb der Scheidegg die Nassalp, eine voralpine Moorlandschaft, die für die Kühe nur schwer begehbar ist, dafür dank der köstlichen Kräuter eine ausgezeichnete Milch liefert.

In diese Richtung fuhr Heinrich Müller. Er hatte sich mehr Zeit gelassen als geplant, da der Weg ja nicht so weit war. So traf er sich mit all den anderen, die eben Feierabend gemacht hatten, an der Stadtgrenze von Bern und reihte sich ein in die Kolonne Richtung Langnau, die sich vor der Einfahrt ins Tal zum gefürchteten Kurzschachen-Stau verdichtete. Gut, Stau ist ein bisschen viel gesagt bei knapp 300 Einwohnern. Aber da die Autodichte 120 Prozent betrug – nur knapp übertroffen von der lokalen Handydichte – gab es zur zweimal täglichen Stoßzeit kaum ein Durchkommen in den Kurzgraben, zumal gleichzeitig auch noch die diversen Milchfuhrwerke unterwegs waren.

Trotz des Todesfalls vom Montag war es ein normaler, ruhiger Abend: Ein paar Bauern beluden ihre vierradangetriebenen Subarus und Toyotas, Leute, die von außerhalb des Tals zurückkamen, hupten sich ihren Weg frei, der Schulbus spuckte ein paar Halbwüchsige aus und in dem an Langnauer – also sozusagen bereits fremde Fötzel – vermieteten Stöckli spielten ein paar maskierte Kinder im Feng-Shui-Garten ›Räuber und Gendarm‹. Daneben hatten die neuen Besitzer eines gelb gestrichenen Hauses aus den Fünzigerjahren radikal aufgeräumt, alles Gesträuch, alles Lebendige ausgerissen, das Biotop zugeschüttet, die Erde planiert und einen Rasen gesät, der nur dank Unkrautvertilger wuchs. Im Kühlschrank dafür alles vom Biobauern.

Müller stellte sein Fahrzeug ab und machte einen kurzen Dorfrundgang. Stattliche Bauern- und Bürgerhäuser im Dorfkern, Satteldach, Walmdach, Ründi, Laube, alles vom Feinsten, geschnitztes Holz, manchmal bemalt, gut unterhalten und doch in der einbrechenden Dämmerung eher düster. Unterwegs schätzte er bereits die Kneipen ab. Nur der *Bären* pries Gästezimmer an. Ein Emmentaler Wirtshaus aus dem 18. Jahrhundert, breite Fensterfront, vier Stockwerke, braune Fensterläden, der Eingang in der Mitte über drei Stufen zu erreichen, darüber ein altes Holzschild *Gasthof zum Bären*, zwischen dem zweiten und dritten Stock aus der Fassade herausragend die furchteinflößende Figur eines braunen Mutz mit aufgerissenem Maul und aufgestellten Ohren. Müller trat in die Wirtsstube, wo bereits ein paar Leute den Abend mit einem Bier begannen. Der Wirt, ein großer, schlaksiger Mann zwischen 50 und 60, hatte gerade keine Zeit. Müller musste warten. Der Fremde aus Bern fiel sofort auf. Weshalb sollte bei diesem Wetter einer aus der Stadt hier völlig überraschend übernachten wollen.

Heinrich setzte sich neben den Stammtisch, in den die Namen der drei Dorfvereine eingeschnitzt waren. Denn sobald drei Menschen zusammen sind, brauchen sie einen Präsidenten. Nicht um selber den Vorsitz zu haben, sondern um geführt zu werden. Damit sie zu Hause berichten können: »Präsident Schlaukopf hat gesagt ...« Und der Präsident braucht einen Verein. Den Verein der Freunde des Hechelns. Den Club für die Liebhaber des Alpenbitterkrauts. Den Verein zur Erhaltung und Förderung des voralpinen Obertongesangs. Viele solche verdienstvollen Organisationen bleiben der Öffentlichkeit mangels Menschen, die sich präsidieren lassen wollen, unbekannt. Heute lag die Zeitschrift ›Rosenstolz‹ auf der dunklen Tischplatte und versprach einen Artikel mit der Aufklärung über die ›Jasminzone bei Frauen ab 40‹. Von diesen Frauen saßen vier um den Tisch herum und begutachteten den Detektiv, der sich durchaus hätte Hoffnungen machen können, wenn er die Damen in der Stadt kennengelernt hätte.

Da keine etwas sagte, malte sich Heinrich Müller aus, wie die vier vor einem halben Jahrzehnt den Damenturnverein gegründet hatten; die Inschrift im Stammtisch schien die frischeste zu sein. Er hatte sich aus dem Mu-Ki-Turnen heraus entwickelt, in dem Jahr, als drei der Frauen im Abstand von nur wenigen Monaten ein Kind zur Welt gebracht hatten. Die drei, alles Mädchen, sahen einander zum Verwechseln ähnlich. Inzwischen waren sie achtjährig, und im Turnverein waren nur noch die Mütter übrig geblieben. Und es war eigentlich auch kein Turnverein mehr, sondern der Kern der Theatergruppe Kurzgraben. Müller wäre erstaunt gewesen, hätte er gewusst, wie nah seine Spekulation der Wahrheit kamen. War es eine Täuschung oder schaute ihn die vierte im Bunde begehrlicher an als die anderen?

Der Wirt stand nach wie vor in der Küche und machte keine Anstalten, seinen neuen Gast zu begrüßen. Er schaute mit trübem Blick an die gelblich braune Wand. Das Wasser schmeckte wie immer, wie Wasser eben schmecken sollte, wenn es aus der Leitung floss, die von der eigenen Quelle gespeist wurde. Aber es hatte seine Farbe deutlich verändert, was jemandem, der es zum ersten Mal im Glas vor sich hatte, kaum aufgefallen wäre. Ihm schon. Ein zitronenfalterleichtes Gelb stach aus dem Glas, etwas Verdünntes, das im Geschmack keine Veränderung hinterließ, besonders kräftiges Gras, eine Dachshöhle, Wildkräuter? Er wusste es nicht, und das machte ihn wütend und verzweifelt, nicht zu wissen, was auf seinem Grund und Boden vor sich ging, so wütend, dass er beinahe in Versuchung kam, den unverhofften Gast wieder wegzuschicken. Dann siegte aber doch die Neugier und auch ein bisschen das Verlangen nach zusätzlichen Einkünften, denn die Bauern hatten in ihrer Trinkmenge besonders in den Tagen nach Bählers Unfall nachgelassen.

Als Heinrich Müller eine Stunde später aus seinem Zimmer, das auf den Garten hinaus ging und sehr ruhig wirkte, wieder in die Gaststube hinein trat und als Abendessen Schweinsbratwurst mit Kartoffelstock und Salatbeilage bestellte, verstummten die Gespräche. Die Frauen am Stammtisch waren inzwischen wohl zu Hause, um ihre Familien zu bekochen. Verlegen hoben die verbliebenen Männer ihre Gläser zum Mund, auch wenn sie bereits leer waren. Der Detektiv setzte sich an den Tisch in der entfernteren Ecke, um nicht den Verdacht aufkommen zu lassen, er wolle die Männer belauschen, obwohl in der ansonsten leeren Stube jedes Wort an jedem Ort zu hören war.

Am Tisch neben Müller saß ein älterer Bauer in sich zusammengesunken, der einzige weitere Gast. Er wirkte ungepflegt in seinem dunkelbraunen, weitmaschigen Pullover, der selbst dann schmutzig aussah, wenn er frisch gewaschen war. Plötzlich richtete sich sein Oberkörper auf und der Alte sagte: »Ich erzähle euch jetzt die Schweizergeschichte, wie sie sich wirklich zugetragen hat.« Ohne auf eine Antwort oder auf Zustimmung zu warten, begann er: »Es war im Jahr des Herrn 1291 ...«

Der Wirt musste im Keller mit Müllers Weinbestellung beschäftigt gewesen sein, trat nun aber durch die Tür zur Küche in den Schankraum, sah den Bauern an und sagte: »Lass gut sein, Werner.« Und zu Müller gewandt: »Er redet immer dasselbe, seit seine Frau tot ist.«

»Seit bald zwei Jahren nun«, murmelte einer am Nebentisch, »und wenn es auf den Jahrestag zugeht, wird es besonders schlimm, dann will er gar nicht mehr aufhören.«

»Früher, da war er Feierabendbauer, der Werner Ramseier«, erklärte nun die Bedienung, eine junge, schwer gebaute Frau, die den lokalen Dialekt sprach, »gearbeitet hat er auf der Station auf der anderen Talseite. Er war Bahnhofsvorstand und hat sich als Künstler betätigt.«

»Kunst«, seufzte der Alte, nun plötzlich klar im Kopf, »Kunst, die hier keiner verstanden hat.«

Am Nebentisch lachte man. »Kein Wunder, deine Einrichtung zur Ausrichtung nach Windrichtung, die hättest du eben erklären müssen.«

»Da gibt es nichts zu erklären. Das war die Schweizer Fahne, nach der sich die Politiker ausrichten. Immer dorthin, von wo der Wind weht. Pack!« Nun schrie er beinahe durch den Raum, sodass ihn der Wirt aufforderte, nach Hause zu gehen, er habe für heute genug getrunken.

Später am Abend verließ Müller nach dem ausgiebigen Essen das Wirtshaus für einen Spaziergang durch den menschenleeren Ort. Auf dem Dorfplatz blieb er vor einem Betonsockel stehen. *Albert Bitzius* (1787-1854), las er auf einer rostigen Plakette, *genannt Jeremias Gotthelf, Pfarrer und Bauerndichter*. Oben stand eine Büste, ein runder Kopf mit weichen Gesichtszügen. Das Gesicht umrahmt von Haaren und Kinnbart. Auf der kahlen Stirn sammelte sich der Vogeldreck.

Eine Katze schrie in einem der umliegenden Gärten. Plötzlich hörte Müller hastige Schritte hinter sich, dann die Stimme von Werner Ramseier: »Aber den Schluss, Herr Doktor, den Schluss müssen Sie hören!«

»Ich bin kein Doktor«, meinte Henry.

»Das macht nichts. Sie haben Verbindungen zur Stadt. Vielleicht informieren Sie die Obrigkeit. Sie haben meine Frau ermordet!«

»Wer?«, fragte der Detektiv.

Der Alte schaute sich um, ob ihnen auch niemand zuhörte. »Sie haben es gemeinsam getan. Jeder wollte sie besitzen, das ganze Leben lang haben sie ihr nachgestellt. Sie war viel zu schön für dieses Schattental, eine Blüte in einer Welt, wo nur fettes Gras zählt.«

Mittwochabend, 20.9.2006

Als der Detektiv von seinem kurzen Spaziergang zurückkam, war die Wirtschaft leer. Auch die Bedienung hatte gewechselt. Die Jugend vom Lande war ersetzt worden durch eine nervöse, schlanke Dunkelhaarige, die nicht recht in den *Bären* passte. Heinrich Müller konnte sich diesen Wandel nicht erklären. Dann verschwand die junge Dame durch die Küchentür.

»*Bären*-Wirt, wieso sind alle so früh weggegangen? Es ist doch Mittwoch, da sitzen sie sonst länger.«

Die Frau von Mitte 20, die diese Frage stellte und in Richtung der leeren Gaststube zeigte, erledigte den Service meist am Abend, seit die Wirtin erkrankt war. Nicht zur Zufriedenheit des Patrons. Aber was konnte er tun? Sie kostete ihn nicht viel, da sie behauptete, irgendein Praktikum machen zu müssen, das sie in diese Gegend bringe. Ethnologie. Völkerkunde. Er konnte sich nichts darunter vorstellen.

»Sie haben behauptet, sie seien müde vom Herbstmarkt in Langnau, der heute stattgefunden hat, die Familie warte.«

»Du glaubst doch diese Ausrede nicht! Die sind doch rüber in den *Löwen*. Soll ich mal nachsehen?«

»Nein, bleib hier. In den *Löwen* geht doch keiner mehr, seit dort in der Ecke der Gaststube eine Döner-Kebab-Fleischröhre steht und vor sich hin stinkt. Frag lieber den neuen Hotelgast da draußen.«

»Was hat der damit zu tun?«, fragte die Bedienung.

»Er wolle Gold waschen, hat er gesagt. Aber sieh ihn dir an: Herr mittleren Alters aus Bern, graue Haare, Schnauz, Bauchansatz, Lederjacke. Der riecht doch nach Polizei.«

»Ich setz mich zu ihm hin, wenn du nichts dagegen hast.«

Der Wirt, der zugleich der Koch und immer noch mit dem Abwasch beschäftigt war, hätte sie gern in der Küche gehabt. Dann murmelte er etwas Unverständliches und tat, als ob er in den Keller steigen müsste.

Statt des Dreiers hatte die junge Frau einen halben Roten und zwei Gläser gebracht und fragte Heinrich Müller: »Darf ich mich zu Ihnen setzen? Es ist ein bisschen langweilig ohne Gäste.«

Sie passte nicht richtig nach Kurzenau, stellte der Detektiv fest, sie war zu direkt zu den Leuten. Eine Städterin, ohne Zweifel.

»Bitte, nehmen Sie Platz«, sagte er.

Sie setzte sich auf den zweiten Stuhl rechts von ihm, während er mit dem Rücken zum Fenster saß.

»Ich bin Lucy. Seit ich alle Platten der Beatles sammle, nenn ich mich Lucy. Meine Freunde meinen, es komme von Luzifer. Hätten Sie eine Zigarette für mich?«

»Ich bin Nichtraucher«, erwiderte Müller. »Wollen Sie nicht den Wein einschenken?«

»Oh, entschuldigen Sie. Ich wollte auch nicht wirklich rauchen. Ich habe vor Jahren damit aufgehört. Aber die letzten Tage haben mich so nervös gemacht, dass es einfach gut täte, eine Zigarette zwischen den Fingern zu drehen.«

Sie schwieg einen Augenblick, und Henry, der an seinem Glas nippte, hatte Gelegenheit, ihr Profil zu betrachten. Dann streckte sie den Arm über den Tisch und versuchte, den leeren Aschenbecher an sich zu ziehen, erreichte ihn aber nicht ganz. Ihre rechte Brust lag auf dem Tisch, Müller konnte in ihrer Bluse gerade noch den Ansatz davon erkennen. Dann legte Lucy ihren Kopf schief, lächelte ihn an und sagte: »Eigentlich heiße ich Nicole. Himmel, Nicole. Aus Bern.«

Sie hatte ihre Haare so gescheitelt, dass der Strich nicht gerade war, sondern ein sich nach hinten verjüngendes Zickzack bildete.

Heinrich Müller war sofort verliebt in Lucy. Wohl doch Lucifer, dachte er.

»Ich bin nicht bloß nervös«, gestand sie. »Ich hätte auch große Lust, wieder mit dem Rauchen zu beginnen. Die penetrante Gutmensch-Mentalität, die seit ein paar Jahren das öffentliche Leben beherrscht, geht mir dermaßen auf den Geist. Rauchern und Rasern geht's bereits an den Kragen. Aber nächstens sind Sie dran«, – sie zeigte auf Müllers Bauch –, »ein paar Kilos zu viel«, – seine Verliebtheit bekam einen Dämpfer –, »und trinken noch Wein! Außerdem haben Sie bestimmt was Fettiges zu Abend gegessen.«

»Das war das Menu hier«, protestierte Müller ohne Überzeugung, »es gibt ja nichts anderes.«

»Wussten Sie«, fuhr Lucy, deren Namen er nun gar nicht mit Himmel in Verbindung bringen konnte, in ihrem grausamen Monolog weiter, »dass tierische Fette in den letzten 20 Jahren im Vergleich zur Kaufkraft um mehr als die Hälfte billiger geworden sind, während sich gleichzeitig die Preise für Obst und Gemüse verdreifacht haben? Wie soll sich denn eine Familie gesund ernähren können?«

»Na ja, ein bisschen Gras war ja auch beim Menu. Es nannte sich Salat«, scherzte er.

»Nehmen Sie noch etwas Roten, bevor man Ihnen den Alkohol verbietet. Sie rauchen ja nicht. Da müssen Sie etwas für Ihre Gesundheit tun.«

»Holen Sie noch mal einen Halben«, seufzte Müller.

»Man kann sich zu Tode schuften mit Nacht- und Sonntagsarbeit, in ungesunder Luft und mit Tätigkeiten, die einen zum Krüppel machen. Aber die Gutmenschen erklären einem lieber, wann und mit wem und in welchen Stellungen man Sex haben darf.«

Müller war wieder verliebt und starrte dem Schwung ihrer Hüfte nach, als sie zum Tresen ging. Bloß gut, dass sonst keiner im Restaurant saß.

»Ein Weihnachtsessen im Familienkreis«, schniefte sie weiter, als sie den Wein in die Halbliterkaraffe umfüllte, »birgt aus seuchenpolizeilicher Sicht wohl mehr Gefahren als ungeschützter Geschlechtsverkehr mit Unbekannten. Gibt es eigentlich Untersuchungen darüber, wie viele Menschen nach Familienfeiern erkranken, darüber, welche Keime nach internationalen Kongressen über die gesamte Welt verbreitet werden? Jedenfalls keine Arbeit für Hypochonder.« Sie war inzwischen wieder am Tisch angekommen. »Am schlimmsten sind wahrscheinlich Konzerttourneen von Opernsängern, weil dort die Fraktion der dritten Zähne am stärksten vertreten ist.«

Nicole setzte sich, und als sie den neuen Wein einschenkte, wurde sie wieder zu Lucy: »Und Sie sind der Polizist aus Bern?«

Müller lächelte. Deswegen also die Attacke auf die Gutmenschen.

»Nein«, sagte er, »wie kommen Sie darauf?«

Sie hob das Glas zum Anstoßen.

»Ihretwegen sind doch alle abgehauen. Wenn Sie das saufen müssten, was die anderen heute nicht konsumieren ... An einem Abend nach dem Herbstmarkt in Langnau! Mein lieber Mann, dann würden Sie sich selbst nicht mehr kennen.«

Müller lachte.

»Ich bin kein Polizist.«

Die Gläser klirrten.

»Nennen Sie mich Nicole«, sagte sie, nun wieder besänftigt.

»Mit Vergnügen. Ich bin Heinrich. Oder Henry, wenn du möchtest, aber bitte nicht Heiri.«

»Gut. Henry. Aber zum Goldwaschen, wie Sie ... wie du behauptet hast, bist du nicht hier.«

»Und warum nicht?«

»Erstens hast du keine Ausrüstung dabei, zweitens bist du auf der falschen Seite der Ilfis. Du müsstest beim Napf drüben sein, in Trub beispielsweise. Hier auf unserer Seite hat noch keiner Gold gefunden. Du hast etwas mit dem Tod des *Moloko*-Einwägers zu tun.«

»Na gut, ich geb's zu. Ich war mal bei der Polizei. Aber das ist mehr als zehn Jahre her.«

»Die Geschichte erzählst du mir später. Was machst du jetzt?«

»Ich bin Privatdetektiv.« Müller war nicht sicher, ob es schlau war, so viel zu erzählen. Aber Nicoles direkte Art und ihre offensichtliche Vertrautheit mit den hiesigen Verhältnissen konnten ihm von Nutzen sein. Außerdem: die Liebe! Deshalb erklärte er: Ich arbeite im Auftrag einer Versicherung. Sie will wissen, ob der Unfall wirklich ein Unfall war.«

»Und wenn es keiner war? Was soll es denn sonst gewesen sein?«

»Ein Selbstmord. Aber du musst mir Verschwiegenheit versprechen, sonst erfährst du von mir kein Wort mehr.«

»Geht in Ordnung«, wischte sie den Einwand hinweg. »Was passiert in diesem Fall?«

»Dann wird die Lebensversicherung nicht ausbezahlt, die Hans Bähler vor kurzem erneuert hat.«

»Das heißt, du sorgst unter Umständen dafür, dass seine Familie keine Entschädigung bekommt.« Ihre Missbilligung war deutlich herauszuhören. »Du kannst doch nicht zulassen, dass Frau und Kinder dieses Schweins mittellos zurückbleiben!«

Müller horchte auf. »Du kennst Bähler?«

»Jeder hier im Kurzgraben und weit darüber hinaus kennt ihn. Manch ein Käser hat ihn verflucht, weil er Jahr für Jahr den Preis gedrückt hat. Und die Bauern hätten ihn am liebsten erschossen, weil er immer dann für seine Hausbesuche Zeit hatte, wenn der Mann gerade auf dem Feld war.«

»Bähler war doch Einwäger, also Käseaufkäufer für seine Firma. Was hatte er denn bei den Bauern zu tun?«, fragte der Detektiv.

»Er war im Auftrag von *Moloko* unterwegs, das weißt du ja. Die Firma wollte den Vertrag mit der Käserei im Schattgraben auflösen. Bähler sollte die Bauern der Käsereigenossenschaft dazu überreden, auf die Lieferung von Konsummilch umzustellen.«

»Was bedeutet das für die Bauern?«

»Kurzfristig vor allem im Sommer einen etwas höheren Milchpreis. Für einige auch die Möglichkeit, Siloware an die Kühe zu verfuttern. Das darfst du bei Einlieferungen für die Emmentaler-Produktion nicht. Langfristig aber wird es wohl eine Preisanpassung nach unten ans EU-Niveau bedeuten. Also für viele wohl den Konkurs oder zumindest die Aufgabe der Milchproduktion. Und die teuren Zucchetti, die die Leute im Winter kaufen wollen, wachsen nun mal nicht in dieser Gegend.«

»Wieso weißt du das alles? Was machst denn du eigentlich hier? Das Servieren ist ja nun mal nicht deine gelernte Arbeit.«

»Ich bin Ethnologiestudentin, vergleichende Volkskunde, und schreibe an meiner Diplomarbeit. Hier mache ich Feldstudien. Du kriegst von den Bauern nichts zu hören, wenn du sie nicht kennst.«

»Was ist das Thema deiner Arbeit?«

»Haus- und Nutztiere im bäuerlichen Alltag. Insbesondere Katzen und Kühe.« Nicole lachte. Es klang wie helle Himmelsglocken. »Für die Arbeit nur Kühe. *Auf die Kuh gekommen*, wäre doch ein guter Titel. Ist dir schon aufgefallen: Straßen werden nach Blumen, Bäumen, Bergen, Pässen benannt oder nach den Orten, zu denen sie führen, aber nie nach Haus- oder Nutztieren.«

»Du bist die richtige Auskunftsperson für mich.«

Henry war schon ein wenig beschwipst.

»Ich ernenne dich zu meiner Assistentin. Morgen gehen wir zum Käser in den Schattgraben.«

»Da muss ich zuerst den Wirt fragen«, wandte sie ein. »Aber«, Nicole zögerte, »du gehst doch nicht wirklich von Selbstmord aus?«

»Stimmt«, sagte Müller.

»Was ist denn deine These?«, fragte die Studentin.

»Mord!«

Immer noch Mittwochabend, 20.9.2006

Nicole hatte für beide einen Kaffee im Glas geholt. Die Schnapsflasche stellte sie gleich mit auf den Tisch. Der eine oder andere Bauer hatte die Tür geöffnet, war aber gleich weiter gezogen, als er bemerkte, dass keiner von seinen Kumpeln anwesend war. Der Wirt hatte vor einer halben Stunde mal seine lange Nase in die Gaststube gesteckt und lebte jetzt seine Depression in der Küche aus. Ein lautes Knacken und das darauf folgende leise Knistern erinnerte Heinrich Müller an die gute alte Zeit der Schallplatte. Tatsächlich hörte er die ersten Takte von *Bilitis*. Seit der Wirt die *Streichmusik Alder* aus dem appenzell-außerrhodischen Urnäsch zu oft auf den Plattenteller gelegt hatte, galt er im Kurzgraben als musikalischer Verräter. Nun hörte er eben süßlich-symphonische Geigenklänge und hing seinen Erinnerungen an David Hamiltons Weichzeichnerfotografien für pubertäre Jungs-Träume nach, sein Bild von den Siebzigerjahren, unscharf und nackt naturverbunden. Späthippies eben.

»Quitten«, sagte Lucy, »das Beste, was der Kurzgraben hergibt.«

Dann schenkte sie sich einen großzügigen Schluck ein und schlürfte vom heißen Getränk.

»Mord, hast du gesagt? Hier reden alle von Selbstmord.«

»Wieso sollte sich Bähler denn umgebracht haben?«

»Man spricht von Familienproblemen und von einer unmöglichen Situation, in die er sich in der Gegend hineinmanövriert hat. Wahrscheinlich meinen die Leute seine Stellung bei *Moloko* und die damit verbundenen Streitigkeiten.«

»Welche denn?«

»Am besten reden wir morgen in der Käserei darüber. Das erklärt es dann. Aber: Was spricht für Mord? Die Polizei hat ja nicht weiter ermittelt.«

»Die warten die genauen Untersuchungsergebnisse des Rechtsmediziners und der Spurensicherung ab. Vorderhand wissen sie nicht, wo sie suchen sollen. Und es läuft ja keiner weg. Sonst kann er gleich ein Geständnis unterschreiben. Außerdem: Mit einer vorgezogenen Untersuchung ohne Fakten machen sie nur die Bevölkerung kopfscheu. Auf bloßen Verdacht hin sagt keiner was.«

»Das stimmt«, entgegnete Nicole, »da sind die Leute hier sehr verschlossen, fast schon feindlich gestimmt gegenüber Autoritäten von außerhalb.«

Etwas von Heinrichs maoistischer Jugendzeit war in ihm zurückgeblieben, eine Erinnerung an die ›Hundert-Blumen-Kampagne‹, die auch ihn – fern der chinesischen Führung – dazu veranlasst hatte, auf dem Land eine neue Existenz zu suchen, die Stadt hinter sich zu lassen, um die Revolution in die Provinz zu tragen. Als er erkannte, dass die Bauern der Gegend religiöse Anarchisten waren, die trotz der Subventionen ohne den Staat auszukommen glaubten, war es bereits um ihn geschehen. Und nun noch die Völkerkunde: Verliebt in einen dunkelhaarigen teuflischen Engel und in den tiefgründigen Blick der Kühe.

»Im Weiteren«, fuhr er fort, bemüht, Haltung zu bewahren, »lautet die vor kurzem erneuerte Lebensversicherungspolice auf die Frau und die beiden Kinder. Auffällig ist eigentlich nur die deutlich höhere Versicherungssumme. Sonst hätte die Firma den polizeilichen Bericht abgewartet und nicht die Hand in die Kasse gesteckt, um mich zu bezahlen und hierher zu schicken.«

Henry nahm einen Schluck Kaffee und zwinkerte Nicole zu.

»Ich bin nämlich ziemlich teuer.«

»Ich dachte: kostbar?« Nicole lächelte zurück.

»Kostbar auch, aber in diesem Fall in erster Linie teuer.« Müller trank noch ein Glas Roten leer, bevor er weitersprach: »Ich hätte folgenden Vorschlag: Du begleitest mich nicht nur zum Käser, sondern auch zu den Bauern und hältst hier im *Bären* die Ohren offen. Absolute Verschwiegenheit vorausgesetzt.«

»Was springt für mich dabei raus?«

»Je nach Erfolg ein Anteil am Honorar. Spannende Einsichten ins Dorfleben und Einblick in die Ermittlungen.«

Nicole brauchte nicht lange zu überlegen. Sie schlug in die ausgestreckte Hand ein. Schließlich hatte sie als Ausgleich zur ethnologischen Feldarbeit ihr Zimmer mit Kriminalromanen voll gestopft. Sie hatte alles gelesen, was in der Schweiz in den letzten Jahren erschienen war. Sie schätzte den Realitätsgehalt der spannenden Geschichten und versetzte sich in beinahe ethnologischer Wut in die jeweils dargestellten Personen und Landschaften. Nun ergab sich die einmalige Gelegenheit, in einem echten Krimi mit dabei zu sein.

»Dann beginnen wir mit den Fakten.«

Müller griff hinter sich, wo er auf der Lehne der Bank die Schiefertafel unter dem aufgerollten Jassteppich fand. Er legte sie auf den hell gehobelten Eichentisch und skizzierte mit der an einer Schnur angehängten Kreide das Tal.

»Hier, kurz bevor die Straße aus dem Schattgraben in diejenige von der Wildenalp einmündet, hat

Bähler beim Runterfahren seinen Baum erwischt. So viel sagt der Unfallbericht. Woher also könnte der Mann gekommen sein?«

Nicole drehte die Tafel so, dass ihr Blick von Süden ins Tal hinunter fiel. »Da kommen eigentlich nur die Wildenalp selber oder die dahinter liegenden Höfe auf den Hügeln in Frage. Es sei denn, Bähler ist über die Naturstraße im Wald vom Eggiwilgraben her gekommen.«

»Unwahrscheinlich, aber nicht auszuschließen«, meinte der Detektiv.

»Wir schauen es uns bei Tageslicht an«, meinte Nicole, fieberhaft in ihre neue Aufgabe vertieft.

»Gut. Zuerst zu den Tatsachen«, fuhr Müller fort, schon beinahe wieder nüchtern. »Mit sehr viel Fantasie könnte man sich vorstellen, dass beim Aufprall vorne auf den Baum hinten der Tank geplatzt ist, die Karosserie beschädigt wurde, eine Benzinfontäne über das Dach auf den Kühler gespritzt und durch einen Funken entzündet worden ist, zum Beispiel, als der noch lebende Bähler versucht hat, die Tür zu öffnen.«

Nicole schaute ihn entsetzt an. »Das ist Schwachsinn. Das nimmst du doch nicht ernst!«

Müller lachte.

»Doch. Deswegen ist Selbstmord eine eher unwahrscheinliche Hypothese.«

Nicole machte große Augen.

»Warum das denn?«

»Weil der Brand auf der Kühlerhaube ausgebrochen ist und sich von dort über das ganze Auto ausgebreitet hat, vielleicht gleichzeitig mit einem zweiten Brandherd auf dem Heck. Das zumindest sagt die Spurensicherung. Genügend Zeit hatte das Feuer ja. Der Wagen wurde erst gefunden, als er vollständig ausgebrannt war.«

Nicole schluckte leer.

»Also, das Auto steckte mit dem Motorblock im Baum, der halb entwurzelt war. Das Heck hatte sich leicht gedreht, zeigte aber immer noch Richtung Wildenalp«, fuhr Müller fort. »Man geht von einer ziemlich großen Geschwindigkeit aus. Nun gibt es drei Hypothesen: Unfall ohne, Unfall mit Fremdverschulden, Mord. Selbst wenn Bähler in der hereinbrechenden Dämmerung einer Katze oder einem Fuchs ausgewichen ist und mit zu hohem Tempo die Herrschaft über seinen Wagen verloren hat, selbst dann muss jemand Benzin oder einen anderen Brandbeschleuniger über die Kühlerhaube geschüttet und angezündet haben.«

»Bähler könnte einer Kuh ausgewichen sein«, wandte Nicole ein, »die stehen hier überall rum. Und wenn es eine schwarze oder braune war, hat er sie zu spät gesehen. Aber wenn ich dich richtig verstehe, war es auf jeden Fall Mord.«

»Ich sehe keine andere Möglichkeit. Die Bremsspuren sind offenbar sehr kurz. Darüber hinaus fehlen aber noch einzelne Untersuchungsergebnisse. Möglichkeit eins: Hans Bähler ist bereits vorher getötet, in seinen Wagen gesetzt und dann erst verbrannt worden. Scheidet eher aus wegen der Geschwindigkeit, mit der das Auto gegen den Baum gefahren ist. Außerdem wird in diesem Fall der Rechtsmediziner irgendwelche Spuren finden, Verletzungen an den Knochen durch ein Messer, eine Kugel im Körper, Knochenbrüche.«

»Und die zweite Theorie?«

»Bähler ist von einem anderen Auto von der Straße abgedrängt und anschließend ermordet worden. Vielleicht ist er beim Aufprall gestorben oder später verbrannt. Auf jeden Fall ist Fremdeinwirkung Schuld am Tod des Mannes. Das aber hätte man sehr genau planen müssen. Entweder hat ihn ein Auto verfolgt und von hinten gestoßen. Solche Spuren wären wohl nur beim Unfallverursacher nachzuweisen. Oder er ist seitlich gerammt worden, beim Überholen oder von einem entgegenkommenden Auto.«

»Zum Überholen ist die Straße zu schmal, wenn beide Autos sehr schnell fahren«, wandte Nicole ein.

»Wenn Bähler seitlich von einem Wagen gerammt worden ist, wird die Spurensicherung auch im verbrannten Blech noch Unregelmäßigkeiten und Verformungen nachweisen können. Vor allem aber wäre das zweite beteiligte Auto deutlich beschädigt. Das hätte bereits jemand festgestellt.«

Verliebt und immer noch ohne Berührung.

Verdammt, sie ist zu jung, dachte er.

Er ist sehr lieb, aber zu alt, seufzte sie.

»Was ist deiner Meinung nach der wahrscheinlichste Hergang?«

»Es müssen mindestens zwei Personen informiert gewesen sein. Die eine hat Bählers Abfahrt von Punkt X signalisiert, die andere auf ihn gewartet und an der entscheidenden Stelle ein Hindernis platziert, dem Bähler ausweichen musste. Das Hindernis konnte schnell entfernt werden.«

»Also doch eine Kuh«, schmunzelte Nicole.

»Am besten geeignet wäre ein zweites Auto. Damit hätte man den Brandbeschleuniger transportieren und die Spuren wieder beseitigen können.«

»Wir suchen also vorerst mal ein Auto und eine oder zwei Personen«, fasste Nicole zusammen, als sie die voll beschriebene Schiefertafel mit einem nassen Schwamm säuberte.«

»Und ein Motiv«, sagte Henry Müller. »Und ein Bett«, setzte er hinzu. Dann begab er sich in sein Zimmer, das dermaßen ruhig war, dass er sich vor dem Einschlafen noch auf das Erstellen einer Liste der begehrenswertesten Frauen konzentrieren konnte. Auf dem Zettel, der zu Boden segelte, stand: Lucy, Nicole, Lucy, Nicole.

Donnerstag, 21.9.2006

Am nächsten Morgen nahmen die beiden den Weg in den Schattgraben unter die Füße, eine leicht ansteigende, mehrheitlich aber gerade Straße, die nach gut vier Kilometern nach links in das schmale Nebental abzweigte. Der Wirt hatte Nicole nur unter Murren ziehen lassen, da er noch unter dem Einnahmenverlust des Vorabends litt und genau wusste, dass die engere Bekanntschaft seines Personals mit diesem Mann aus Bern dem Geschäft nicht förderlich war. Aber es hatte sich bereits im Kurzgraben herumgesprochen, dass es sich bei Müller um einen Privatdetektiv handelte, und da konnte man vielleicht sogar mit der Neugier der Leute rechnen. So ließ er denn seine Bedienung ziehen.

Die junge Frau pflegte an diesem Morgen wieder ihre Lucy-Seite. Henry betrachtete sie erstmals im hellen Licht des Tages, den nachlässigen Mittelscheitel in den schwarz gefärbten Haaren, das dünne Lächeln im bleichen Gesicht. Hinter den Ohren fielen die Strähnen über das grellrote bauchfreie Shirt, eng am Körper anliegend wie die lächerlich tief sitzenden Jeans, die aber – das musste er zugeben – den Schwung der Hüften elegant verstärkten. Im Bauchnabel ein glitzerndes Piercing, über der rechten Hüfte die Tätowierung eines schwarzen Drachens.

Unter der strengen Stirn blickten nussbraune Augen in die Tiefe des Raums, als ob sie nichts wahrnehmen würden. Aber sie sahen sehr wohl, was sich um sie herum abspielte. Dann und wann gruben sich zwei missbilligende Fältchen von den Mundwinkeln zum Kinn, und die Augen fielen tiefer in den Schädel hinein, die Wangenknochen trieben auf. Der Schattenwurf zeichnete im jungen Gesicht einen Totenschädel, ein mittelalterliches Memento mori, fürchte dich vor dem Tod. Er hätte ihr alles zugetraut in diesem Augenblick, der nur von kurzer Dauer blieb, ihn jedoch in seinen Bann zog.

Ihre glockenhelle Himmelsstimme brachte den Sonnenschein zurück und vertrieb die düsteren Gedanken.

»Der englische Ethnologe Nigel Barley ist mein Vorbild. Er hat andere Völker nicht nur als Objekt seiner Forschung gesehen, sondern er ist sich auch seiner Einschränkungen als Mensch bewusst geworden, der einer fremden Kultur begegnet. Er hat über die Unannehmlichkeiten des Alltags berichtet und über Missverständnisse, die andernorts als seriöse Erkenntnisse in Forschungsberichte eingeflossen sind. Er hat sich auch mit seinem eigenen Volk aus der Sicht des Ethnologen beschäftigt. Das fasziniert mich ebenfalls, und manchmal habe ich das Gefühl, die Kurzenauer seien für mich ebenso fremd wie ein Tuareg-Stamm in der Sahara.«

»Aber jemand hat einen Menschen umgebracht. Deshalb solltest du mir ein bisschen mehr über das Volk in diesem Tal erzählen.«

Nicole seufzte. »Fangen wir mit den Daten an. Die Gemeinde Kurzenau – die alle Siedlungen im gesamten Tal bis hin zur Ilfis und die Einzelhöfe auf den umliegenden Höhen umfasst – hat etwa 400 Einwohner. Knapp die Hälfte davon heißt Graber.«

»Die aus dem Graben.«

»Das könnte man glauben. Wahrscheinlicher jedoch ist der Ursprung aus einer Berufsbezeichnung. Die meisten Familiennamen stammen aus dem Spätmittelalter, ihnen zu Grunde liegt ein Beruf, eine Herkunft, ein Vorname oder ein Übername.«

»Also jemand, der gräbt«, vermutet Müller.

»Normalerweise der Totengräber.«

»Dann gab es hier aber viele davon.«

»Sie waren eher fortpflanzungsfreudig angesichts des Todes, würde ich meinen. Es gibt aber auch Namen wie Himmel und Höll, Angst und Sorg,

Arm und Reich. Sie spiegeln die Verhältnisse im Tal besser wider, als es viele lange Geschichten täten. Einmal im Jahr, an Allerheiligen, wird gezählt, ob alle noch da sind.«

»Da haben wir noch fünf Wochen Zeit. Hoffen wir, dass es bei dem einen Todesfall bleibt.«

»Jeremias Gotthelf, der ja in einer Ethnologie des Emmentals nicht fehlen darf, hätte über die Kurzenauer gesagt: *Der liebe Gott wird wohl wissen, warum er die Art von Kreaturen etwas nebenaus auf das Land getan hat.*«

Müllers Beine waren kurz gewachsen, sodass sich der Körper wie ein tiefer gelegtes Chassis durch die Gegend schob, mit Bodenhaftung, aber plump und auf eine schläfrig machende Art bedächtig.

Im Gegensatz dazu sein Charakter: unaufgeregt frisch, schnell reagierend, jede Situation in Bruchteilen von Sekunden erfassend. Er überrascht deswegen alle, wird unterschätzt, aber hat gelernt, seine Fähigkeiten erst aufleuchten zu lassen, wenn er sie braucht. Bei Frauen war diese Taktik allerdings nicht besonders Erfolg versprechend.

Vielleicht war er inzwischen auch einfach zu alt. Zu alt jedenfalls für die freudlos Magersüchtigen, die er eher Anatomiestudentinnen vorgeführt hätte, als sie in sein Bett zu lassen. Denn Anatomiestudentinnen, das hatten ihn seine Besuche in der Rechtsmedizin gelehrt, nahmen lieber einen Bissen oder ein Glas zu viel zu sich als zu wenig. Sonst hätten sie diesen Beruf nicht ausgehalten, wären daran zerbrochen, hätten aufgegeben. So aber strahlten sie die mütterliche Gesundheit aus, die es braucht, um dem alltäglichen Tod ins Auge zu sehen, und auch, um Kinder auf die Welt zu bringen, die dem Sterben Hohn lachten. Wenigstens in den ersten Lebensjahren, die irgendein Idiot einmal als unschuldige bezeichnet hatte. Und bis die nächste Generation der Anatomiestudentinnen sich ihrer annahm.

Der Schattgraben trug seinen Namen nicht zu Unrecht. Dichter Tannenwald säumte die steilen Flanken, und im unteren Teil, dem Grasland, auf dem eine kleine Kuhherde weidete, hatten die starken Regenschauer der vergangenen Wochen nicht nur eine stickig-neblige Feuchtigkeit zurückgelassen, sondern blanken Boden, auf dem Erdrutsche niedergegangen waren. Sie wirkten wie offene Wunden in der saftgrünen Haut.

Von weitem sahen die beiden Wanderer bereits die Käserei.

»Es ist ein günstiger Zeitpunkt, um mit dem Käser zu reden«, meinte Nicole, »die Milch von gestern Abend und heute Morgen ist bereits verkäst und liegt in der Presse.«

Im ersten Stock des Gebäudes hingen tibetanische Gebetsfahnen von Fenster zu Fenster. In einem davon sahen sie noch kurz einen jugendlichen Kopf mit blonden Haaren, der jedoch sofort im Haus verschwand.

»Ist das der Endpunkt der Feng-Shui-Leitung das Tal hinauf?«, witzelte Müller.

»Das hat nicht wirklich etwas zu bedeuten. Das war übrigens Beat Eichenberger, Sohn von Werner und Ursula. Er ist ein religiöser Wirrkopf. *Er war ein herzguter Bursche, aber über seiner Wiege hatte die Sonne nicht geschienen; er war unbehülflich, hatte immer Unglück, was er anfing, lief ihm krumm.* Ich habe mir sagen lassen, dass er ein verspäteter Dorfhippie war, einer, der im Tal nicht genug bekommen konnte und sich deshalb öfter in der Stadt aufhielt, als ihm gut tat. Bis er an einem denkwürdigen Wochenende den einen oder anderen Trip zu viel eingeworfen hat und von seiner Verblendung nicht mehr los kam. Seither ist jeder Glaube so gut wie der andere, und je nach Laune ist es eine Geste der Versöhnung, die ihn antreibt, oder dann die Anrufung des rächenden Gottes, dessen, der nie verzeiht.«

»Beat, man würde meinen, der Glückliche«, warf Müller ein, »ein Name, den man deutsch oder englisch aussprechen kann, und dann hat man das, was den jungen Mann antreibt.«

»Na gut«, seufzte Nicole. »Er predigt den Jüngsten Tag – wenn du das meinst –, sieht Verdammnis über die Welt kommen, besonders über jene junge Frau im Kurzschachen, die ihm vor Jahren an einem Abend, als er müde von der Berufsschule nach Hause gekommen ist, einen Korb gegeben hat. Sie besonders werde im Fegefeuer schmoren und kein Ablass, keine christliche Wohltat werde ihr Leiden verkürzen.«

»Nicht genau das, was man verzeihende Liebe nennen würde.«

Unterdessen waren sie vor der Käserei angekommen. An das Haupthaus mit seinem prächtigen Walmdach und seiner beeindruckenden Ründe war die eigentliche Käserei angebaut, klein, aber nach den modernsten Hygienevorschriften eingerichtet. Eine Verbotstafel hinderte Fremde am Zutritt zu den Produktionsräumlichkeiten. Neben der Stahltüre mit einem Fenster im oberen Teil hing eine Holzplatte mit einer langen Liste von Namen. Etwa hinter jeden fünften davon hatte jemand ein schwarzes Kreuz gezeichnet.

Müller las vor: »Trimstein, Richigen, Bärau, Walterswil, Untersteckholz, Reisiswil, Oberbipp, Mättenacker, Mannshaus, Kapfschwand, Kaltenegg, Glasbach, Hählenschwand, Bolzisberg, Dieterswald, Ersigen, Grossaffoltern, Mülchi, Waldegg ...«

»Das sind die Emmentaler-Käsereien, die in den letzten zwei Jahren geschlossen worden sind«, sagte unvermittelt eine raue Stimme hinter dem Detektiv, was der Aussage erst das nötige Gewicht verlieh.

Nicole und Heinrich drehten sich gemeinsam um. Hinter ihnen stand ein kräftiger Mann, der den Schattenwurf des Hauses verlängerte und dessen Körper aus dem Gleichgewicht geraten war: ein massiger Brustkorb und kräftige Arme, der hagere Kopf verschwand beinahe im Nacken, der Körper saß auf spindeldürren Beinen, die Sonne aber liebkoste die speckige Glatze.

»Wenn es so weiter geht, ist Schattgraben die nächste. So wird mit unserem Beruf, unserem Erbe umgesprungen. Die Behörden verschlafen die Registrierung einer Ursprungsmarke, die den Emmentaler schützen würde. Der Milchkonzern *Moloko* kündigt die Verträge mit den kleinen Dorfkäsereien, die nur einen oder zwei Laibe pro Tag herstellen. Qualität hin oder her, die Fahrt mit dem Lastwagen lohnt nicht mehr. Aus den Genossenschaftskäsereien, den Urzellen der Schweizer Demokratie, werden reine Milchzentralen, aus denen der Tanklastwagen abholt, was er braucht. Den Rest kannst du den Schweinen verfüttern oder gleich in die Kurzen gießen, denn Schweine gibt es auch keine mehr, seit der

Schlachtviehmarkt nicht mehr rentiert. Und wenn *Moloko* weiter so auf den Milchpreis drückt, ihn an das EU-Niveau anpassen will, dann brauchst du auch bald keine Bauern mehr im Tal und schon gar keine Käserei.«

»Dabei gehört *Moloko* doch den Bauern selbst?«, fragte Nicole.

»Ja. Aber nicht den hiesigen. Und hast du schon mal einen Bauern gesehen, der dem anderen nicht noch die faulen Flecken in den Kartoffeln neidet? Aber kommt auf einen Schluck rein.«

Die drei stiegen drei Steintritte zum Eingang des Bauernhauses hinauf und traten in die Küche.

»Frau und Kind sind außer Haus«, behauptete Werner Eichenberger. »Setzt euch. Jetzt revanchiere ich mich mal für die Bedienung im *Bären*. *Kaffee mit* für alle, auch für den Herrn Detektiv?«

Müller wunderte sich, dass der Käser bereits Bescheid wusste.

»Wir brauchen hier kein Internet und all den neumodischen Schnickschnack, um auf dem Laufenden zu bleiben.« Eichenberger lachte. »Nun frag schon, was du wissen möchtest.«

Der Kaffee wurde unter der Hand des Käsers, die die Bätzi-Flasche führte, immer dünner, und Müller war froh, hatte er kein Auto dabei. Allerdings wusste er auch noch nicht, wie sich der frühmorgendliche *Kaffee Schattgraben* auf die Gehfähigkeit und den Gleichgewichtssinn auswirken würde.

»Was hat Hans Bähler mit all dem zu tun?«

»Ach der, ein kleiner Fisch, ein Angeber, der sich für wichtiger genommen hat, als er war. Ein Quartalssäufer, der den Frauen nachstieg. Ein kleiner König im Reich des hinteren Emmentals, ein König, dem die Ländereien weggenommen werden.«

»Unbeliebt?«

Eichenberger seufzte. »Klar. Wie soll man beliebt sein bei dem Job, den der Mann verrichtet hat. Er hat ja immer nur schlechte Nachrichten gebracht.«

»Deshalb ist er gegen den Baum gefahren?«, mischte sich Nicole ein.

»Was weiß ich, was den Bähler noch so alles geplagt hat«, antwortete der Käser unwirsch. »Zuzutrauen ist einem Mann in seiner Lage alles. Aber er hätte es auch anderswo machen können, es gibt doch noch mehr Talschaften, für die er zuständig war. Was interessiert das eigentlich einen Detektiv aus der Stadt?«

»Nun. Die Sache ist etwas heikel«, meinte Müller. »Aber Ihnen kann ich es ja sagen, mit Ihrer Verschwiegenheit kann ich rechnen.«

»Sicher«, brummte der Ältere.

»Ich bin von der Versicherung angestellt. Wenn sich bestätigt, dass Bähler Selbstmord begangen hat, zahlt sie nicht.«

Eichenberger brummte etwas Unverständliches, dann stand er plötzlich auf und sagte: »Ich hab in der Käserei drüben noch zu tun. Kommt ihr noch einen Augenblick mit?«

In der Käserei hob Eichenberger den frischen Käse aus der Presse. 100 Kilo Emmentaler lagen bereit zur Veredelung, zum Einlegen in den Salzwassertank und schließlich zur sorgfältig gehegten Reife im Keller, bis ihn *Moloko* im zarten Alter von drei Monaten abholen würde.

»Wir haben hier ein einmaliges Qualitätsprodukt«, führte der Käser aus, »einen Käse aus Rohmilch von Kühen, die kein Silofutter zu fressen bekamen, hergestellt in uralter Handwerkstradition, die sich aus den ersten Talkäsereien heraus entwickelt hat. 1815 hat das Ganze in Kiesen seinen Anfang genommen. Lies mal das Kapitel in Gotthelfs *Käserei in der Vehfreude*, dann weißt du alles, was es darüber zu wissen gibt. Jeder Laib wird nach wie vor in einer Genossenschaftskäserei hergestellt, kein Stück Emmentaler entstammt einem Großbetrieb.«

An der Wand hingen rund um die modernen Maschinen alte Gerätschaften, meist aus Holz. »Ein

Schriftsteller aus Bern war einmal hier zu Gast und hat den ganzen, damals noch handwerklichen Herstellungsprozess beschrieben. Heute hockt er manchmal im *Hirschen* und trauert der alten Zeit nach. Hier«, Eichenberger zeigte auf einen überdimensionalen Quirl, »seht ihr den Rührstock zum Vermischen von Milch und Lab im Kupferkessi, das auf der Alp heute noch über dem offenen Feuer hängt. Dort braucht der Senn den Ellenbogen, um die richtige Temperatur der Milch zu spüren. Daneben hängt die Käseharfe zum Brechen der Masse und die Kelle zum Verschöpfen des Bruchs. Je feiner das Korn, desto härter wird der Käse, der daraus entsteht«, fügte er an, bevor er weiter erklärte. »Den Käsebogen braucht man, um mit einem Tuch unter die Masse zu fahren und sie aus dem Kessi zu heben. Sie kommt dann in den Järb, den Käsereif, der den entstehenden Käse während des Pressens zusammenhält.«

Eichenberger wuchtete einen tropfenden Laib in die hintere Ecke, wo bald auch ein zweiter landete, bereit für das Salzbad.

»Die Demokratisierung des Geschmacks«, fuhr er in seinen Erklärungen fort, »erfordert eine Anpassung von Qualitätsprodukten an die Massenherstellung, das heißt im Extremfall Käse aus pasteurisierter Milch, keimfrei und haltbar, Käse mit wenig ausgeprägtem Eigengeschmack, das bedeutet junge, nur leicht gesalzene Käse, die sich nicht für die Alterung eignen. Die lokalen Produkte, silofreie Milch und Rohmilchkäse, sowie die Lagerung haben ausgedient.

Trotzdem verlangt diese Demokratisierung nach einer erhöhten Sortenvielfalt, weil ja nicht jeder immer wieder dasselbe essen will. So haben wir am Ende 200 austauschbare Sorten Käse, die sich im Wesentlichen durch ihre Etikette unterscheiden.

Letztlich ist also alles eine Frage des Marketings, der Kampf eines Produzenten gegen einen anderen um ein ununterscheidbares Produkt, bei dem es nur noch um den Preis geht. Und der tiefe Preis schlägt in jedem Fall auf den Produzenten des Basisprodukts zurück, auf den Rohstofflieferanten, der stets mehr vom Welthandelspreis abhängig wird, eine Drittweltstruktur sozusagen.

Aber: Kann der Geschmack wirklich demokratisiert werden, oder ist dies alles nur ein Missverständnis? Geht es weniger um den Geschmack an sich als um die Abwechslung, als deren Ursache eher Langeweile auszumachen ist denn Geschmacks- und Unterscheidungsvermögen? Oder limitieren wir die Produktion für auserlesene Minderheiten, die bereit sind, einen höheren Preis zu bezahlen? Was nicht nur die Verfügbarkeit beschränkt, sondern auch die Menge und den Verdienst.«

»Haben Sie die Wahl?«, fragte Müller.

»Ich glaube nicht«, antwortete der Käser nach der längsten Rede, die er in seinem Leben gehalten hatte. »Politisch ist es sicher nicht korrekt, die Produzenten, also die Bauern und Käser, einzuschränken und so eine kleine Minderheit zu schaffen, die an unserem Handwerk noch interessiert ist. Aber vielleicht ist das der Weg, den uns die Zukunft weist. Hoffentlich nach meiner Zeit.«

Donnerstag, 21.9.2006

Eichenberger bat seine beiden Besucher wieder in die Stube hinüber, seine Frau war eben aus Kurzenau zurückgekommen. Man setzte sich an den groben Holztisch, der in der Mitte eines ebenso kahl wirkenden Zimmers stand, kein Schmuck an den Wänden, keine Decke auf dem Tisch.

»Ab und zu brauchen wir diesen Raum auch als Arbeitsecke, wenn wir im Winter Tannenholzschindeln zubereiten, um einen cremigen Käse einzupacken, der wie ein Vacherin zubereitet wird. Dann müssen wir den Tisch und alles drum herum peinlich sauber halten können, sonst haben wir bald den Schimmel in der Produktion drin.«

Dann erhob er sich, machte die notwendigen zwei Schritte zum Schrank hin und entnahm ihm eine Flasche Gebranntes. Er schüttete jedem einen kräftigen Schluck von der glasklaren Flüssigkeit in eine Tasse. Dann wies er auf das Etikett, schnalzte mit der Zunge und sagte: »Eine Spezialität, hergestellt aus blauen Kartoffeln.«

Schließlich erhob er die Tasse und sagte: »Ich heiße Werner.«

»So einen Vacherin kannst du verkaufen?«, fragte Heiri, dem das Du noch schwer über die Lippen kam. Nicole schien diese Verbrüderung schon eher gewohnt zu sein. »Sonst heißt es doch immer: Was der Bauer nicht kennt, frisst er nicht.«

»Nun«, druckste Eichenberger herum, »wir probieren es in diesem Jahr zum ersten Mal.«

»Erzähl ihnen von *Moloko*«, meinte seine Frau in einem verbitterten Ton, und es war das Einzige, was sie an diesem Morgen sagte. Man meinte, sie verstecke sich hinter einer dicken Brille und dem geblümten Tagesrock. Der leichte Damenbart über schmalen, blutleeren Lippen lenkte von den feinen Fingern ab, die an einer Decke für den Fernsehapparat häkelten.

»Man hat uns den Vertrag gekündigt.«

»Wann?«

»Im letzten Winter. Bis zum Frühjahr konnten wir liefern, zwei Laib Emmentaler pro Tag zu sieben Franken das Kilo. Dann war Schluss. Ausgerechnet, als die Kühe gekalbt hatten, wieder ins Gras kamen und mehr Milch gaben. Einige Bauern sind daraufhin aus der Käsereigenossenschaft ausgetreten und zur Konkurrenz gegangen. Die produzieren jetzt Konsummilch, da müssen sie bei der Fütterung nicht groß aufpassen und können Silofutter verwenden. Deshalb haben sie ein paar Hochleistungskühe dazugekauft. Diese Bauern pasteurisieren jetzt auf dem Hof, und alle drei Tage holt ein Lastwagen die Milch. Im Sommer gab's erst noch mehr Geld, weil die Nachfrage nach Eiscrème bei dem heißen Wetter so groß war.«

»Wie produzieren die anderen?«, wollte Müller wissen, dem das Bauernleben ziemlich fremd war.

»Die bringen die Milch am Abend und am Morgen hierher. Sie dürfen kein Silofutter verwenden, die Milch wird nicht pasteurisiert, das ergibt den einzigen Emmentaler, den man lagern kann. Sonst hätten wir nur gummiartigen Jungkäse, wie ihn die Italiener zu einem Drittel des hiesigen Preises produzieren. Aber für den neuen Käse, der noch einen Namen braucht, können wir auch pasteurisierte Milch verwenden, weil er nur ein bis zwei Monate reifen muss.«

»Reicht denn die Milch für beides?«, fragte Nicole.

»Nein. Sie reicht jetzt schon nur noch knapp für die beiden Emmentaler-Laibe. Im Winter wird es weniger Milch geben, da muss ich sowieso eine andere Verwertung suchen.«

»Was machst du mit den Emmentalern, seit der Vertrag ausgelaufen ist?«

»Kommt mit. Ich will euch etwas zeigen.«

Er führte Nicole und Heiri aus dem Haus hinaus über den Wendeplatz auf die andere Seite des

Grabens, der an dieser Stelle keine zehn Meter breit war. Dort war eine Tür in den Fels eingelassen, die Werner nun mit einem altmodischen Bartschlüssel öffnete. Ein Scheinwerfer aus den Fünfzigerjahren flammte auf und erhellte eine Sandsteingrotte von etwa zwölf Metern Tiefe und einer Breite von fünf Metern. Auf beiden Seiten erhoben sich der Länge nach Gestelle, die zur Hälfte mit den riesigen Käselaiben gefüllt waren.

»Das Militär hat die Höhle vor dem Krieg gegraben«, erklärte Eichenberger, »und hier Material untergestellt. Vor zehn Jahren hat die Armee viele Bunker und Festungen in den Alpen aufgegeben. Es gibt noch einige davon gerade hier in den Hügeln Richtung Süden. Diesen Raum haben sie mir zur Verfügung gestellt, da er sowieso auf dem Gelände der Käsereigenossenschaft liegt. Ich wusste zuerst nicht, was ich damit machen sollte. Aber als die Kündigung von *Moloko* kam, habe ich das Gewölbe mit Spritzbeton gesichert und die Gestelle eingebaut. Ich habe einen der beiden täglich produzierten Laibe hier eingelagert. Die ersten liegen nun ein halbes Jahr und haben bereits eine schöne dunkle Patina. Die jüngeren sind noch grau. Sie bekommen erst nach etwa sechs Monaten die schwärzliche Färbung. *Moloko* hat mit diesem Konzept Erfolg gehabt, also warum soll das hier nicht klappen? In drei Monaten wissen wir mehr, dann sind die ersten Käse ein Jahr alt und genussreif. Aber ich bin zuversichtlich.«

»Ich versteh nicht ganz«, sagte Heiri, »was der Vorteil der Höhlenlagerung ist.«

»Bei gleichbleibenden klimatischen Bedingungen reift der Käse harmonischer, sein Teig trocknet nicht in dem Maße aus wie bei der üblichen Lagerung. Die langsame Gärung macht den Emmentaler mürbe und holt den Geschmack aus der Milch heraus. Aber nach zwölf Monaten beginnt er zu tränen und bildet Salzkruste in den Löchern. Er altert eben wie ein guter Wein.

Inzwischen gibt es nicht mehr genug Milch für die Emmentalerproduktion, weil der Aufwand für die Herstellung von Konsummilch geringer ist. *Moloko* leidet unter Lieferengpässen. Aber meinen Käse wollen sie nicht. Zu wenig Kontrolle über das Verfahren, meinen sie.«

Auf dem mittleren Regal lag ein aufgeschnittener, geviertelter Laib, der im Scheinwerferlicht goldgelb leuchtete. Die Salztränen hatten sich in den aprikosengroßen Löchern zu kleinen Kristallen gesammelt. Werner Eichenberger schnitt mit dem Käsedraht eine Scheibe aus dem Emmentaler und gab jedem ein Stück. Süßlich schwerer Duft von warmer Milch stieg in die Nase. Die salzige, grobkörnige Käsemasse öffnete dem Geschmack von kräftigen Frühlingskräutern den Weg in den Gaumen. Im Abgang überlagerte ein dumpfer Schimmel die Aromen.

»Nasses Gras«, sagte der Käser.

»Und was passiert mit dem anderen Laib?«, fragte Nicole.

»Den muss ich zu vier Franken das Kilo nach Langnau in die Schmelzkäseproduktion verkaufen. Vor drei Monaten ist der Betrieb von *Moloko* übernommen worden.«

»Du verkaufst nun also deinen Käse wieder derselben Firma, die dir den Vertrag gekündigt hat?« Müller wurde sich der Dramatik der Situation bewusst.

»Ja. Aber ich bekomme nur noch etwas mehr als die Hälfte dafür.«

»Das wäre doch Grund genug für einen Mord«, sagte Nicole. Sie wollte es als Witz formulieren, aber in der Düsterheit dieser Höhle bekam es einen ganz anderen Tonfall.

»Ja«, sagte Eichenberger zu ihrer Überraschung. »Aber nicht an Housi. Da hätte mir schon einer von der Firmenleitung vor die Flinte laufen müssen.«

Auf dem Rückweg fiel ihnen – einsam im Gelände – ein Denkmal auf, das sie auf dem Hinweg nicht beachtet hatten, weil es hinter einer Tanne neben einem Kiesplatz stand, der früher als Grillecke genutzt wurde und heute zum Abstellen von Autos diente. ›Rudolf Minger‹ war im unteren Teil in den Stein gemeißelt. Aber der Sockel war viel zu hoch geraten, sodass man dem ehemaligen Bundesrat der Bauern-, Gewerbe- und Bürgerpartei unter den ausladenden Rock aufs Granitgemächt blickte statt in die starren Augen, mit denen er dem Schattgraben und den heutigen Anhängern der Schweizerischen Volkspartei seinen Segen erteilen sollte. Erstaunlicherweise kümmerte sich keiner der Parteigänger um das Bildnis des historischen Idols, sodass Rüedu langsam Moos sowie eine Art grüner Flechten ansetzte, die ausgerechnet in der linksgrün regierten Hauptstadt Bern dazu dienten, die Umweltbelastungen zu dokumentieren.

Donnerstagabend, 21.9.2006

Der Wirt, Heinz Zürcher, hatte recht behalten mit seiner Vermutung. Am Donnerstagabend waren alle wieder da. Die Neugier hatte die Angst überwogen. Während Müller sein Abendessen verzehrte – Hamme mit Lauch-Rösti, eine gewagte Kombination in diesem Teil der Welt, die denn auch von niemand anderem bestellt wurde –, blieb es an den Tischen in der Gaststube ruhig. Der Getränkeumsatz allerdings war hoch, der Wirt und Nicole konnten sich der Bestellungen kaum erwehren, als ob die Bauern von gestern her etwas gutzumachen hätten. Bedächtig sog der eine oder andere an seinem Stumpen. Bis hierher waren die Anti-Raucher-Kampagnen noch nicht gedrungen, der Genuss des Tabaks trennte nach wie vor die Hektik des Alltags von der Bedächtigkeit des Nachdenkens. Und die Worte wollten heute Abend gut überlegt sein.

Einer der Trinker vom Nebentisch hob sein Weinglas und prostete Müller zu, als der Messer und Gabel in den Teller legte.

»Na, Herr Detektiv, haben Sie den Käser schon verhaftet?«

Alle lachten.

»Ich verhafte niemanden, das ist Sache der Polizei.«

»Oh, er ist ein vornehmer Herr. Er lässt andere für sich arbeiten.«

»Warum sollte ich den Käser verhaften?«, fragte Müller zurück. »Der Bähler Hans ist doch an einem Unfall gestorben.«

Die vier vom Nebentisch winkten ihn zu sich heran, einer füllte sein Glas.

»Ein Unfall?«, sagte einer, der sich Graber Ulrich nannte, und er sagte es bedächtig genug. Dann stellte er reihum seine Kollegen vor: Graber Rudolf, sein Cousin, und die beiden Brüder Fritz und Ernst Bär, »aber nicht vom selben Hof«, wie er sogleich betonte.

»Warum nicht gar Selbstmord?«, fragte Fritz, und Ernst doppelte nach: »Hat er den Käser gefragt, wie es seiner Frau geht?«

»Nein«, sagte Müller. »Aber ich könnte mich bei den Herren hier am Tisch erkundigen. In diesem Tal bleibt offensichtlich nichts geheim.«

Für einen Augenblick wurde es still in der Stube, sogar der Rauch besann sich, ob er weiter Richtung Decke steigen sollte. Dann setzte umso größerer Lärm ein, Gläser klirrten, Stimmen überschlugen sich beinahe, jeder hatte seinem Nachbarn etwas mitzuteilen, die Jasser klopften ihre Karten hart auf den Teppich. Es war, als wollte nachher jeder sagen können, er habe nichts gehört.

Es fiel aber nur ein einziger Satz.

»Ursula Eichenberger war die Geliebte von Bähler Hans.«

Es war, als ob sein Kopf sich ausdehne wie die Flügel einer Henne, wenn sie auf einem Dutzend Eier sitzt und brütet, und seine Seele brütete wirklich auch, aber nicht über Eiern, sondern über Gedanken.

»Das wäre eine zu simple Lösung des Falles, wenn der Käser aus Eifersucht den Einwäger getötet hätte«, sagte Henry am späten Abend, als sich die Gaststube geleert hatte, zu Nicole, die sich nach dem Aufräumen zu ihm setzte.

»Lass uns morgen weiter darüber sprechen«, seufzte sie. »Mir gehen die Leute manchmal auf die Nerven, reden immer in Andeutungen, wollen nie diejenigen sein, die für etwas gerade stehen müssen. Sie sagen: *Ich bedaure es nicht, hergekommen zu sein*, lange bevor sie sagen: *Ich bin glücklich, hier zu sein.*«

Henry lächelte. Irgendwie erkannte er sich auch selber wieder.

Nicole, auf dem Weg zur Verwandlung in Lucy, fuhr fort: »Das Essen schmeckt nie gut, *es war in Ordnung*, *es isch rächt gsii*. Menschen sind nie

Freunde, es sind immer nur Bekannte. Man ist nie laut, aber an anderen Völkern bewundert man die so genannte Lebensfreude. Die meisten verwechseln sie schlicht und einfach mit Lärm: Kreischen, Brüllen, Musik hören, um noch lauter zu reden – denn eigentlich will kein Mensch Musik *hören* – Hupen, Motoren aufheulen lassen. Alles lächerlich und geschmacklos. Und dann nennen sie diese Dauerbelästigung auch noch *Ferien*!«

Nun wäre es aber doch an der Zeit gewesen für Henry, sich von diesem Durchschnittsmenschenbild zu distanzieren. Aber irgendwie schaffte er es nicht, denn Lucy fuhr ungebremst fort: »Die Schweizer entwickeln sich immer mehr zu einem selbstgerechten, wehleidigen, vergnügungssüchtigen Volk, lernunwillig und gelangweilt, das ungerecht urteilt, wenn es nicht laufend unterhalten wird.

Hauptsache Motorroller, Hauptsache neueste Elektronik zu Hause, Hauptsache Zweitauto und Häuschen im Grünen, Hauptsache Direktzahlungen für die Landwirtschaft. Aber dann werden die Rehkitze niedergemäht, die Roller frisiert, der Rasen vor dem Häuschen zu Tode gedüngt. Und schließlich erklären wir der Welt, wie sie sich zu verhalten hat: Regenwald schützen, keine Wale fressen, orientiert euch an unserer Demokratie. Heuchler!«

Müller erkannte, dass heute der Tag der großen Reden war. Und er überlegte, das nächste Mal müsse er selber einen so überzeugenden Vortrag halten.

»Jede Freundlichkeit entsteht aus Berechnung, jede Zuneigung aus Angst vor der Langeweile und der Einsamkeit. Zuverlässig ist einer, der eine Strafe abwenden will, pünktlich derjenige, der die Missachtung seiner Person fürchtet. Politischer Erfolg entsteht aus der Kombination dieser Eigenschaften.

Die Schweizer verachten die Touristen, obwohl sie selber den größten Teil ihrer Ferien als Touristen in anderen Ländern verbringen. Aber sie lieben ihr Geld, wie es die Völker anderer Länder mit dem Geld ihrer Touristen tun. Nur deswegen ist noch nicht das ganze Land zum Vergnügungspark verkommen.

Diejenigen, die am lautesten nach weniger Staat schreien, verkommen zum Pfründenverteilklub, verlangen für ihre Klientel immer mehr und wollen den anderen immer weniger abgeben. Aber wenn immer mehr Leute zu dumm zum Lernen und zu faul zum Arbeiten sind, was ist dann von diesem Land noch zu erwarten? Reichtum durch wundersam steigende Börsenkurse? Jeder soll sich alles leisten können, aber keiner spricht über den Preis dieser Pseudodemokratisierung des Luxus, nämlich eine letztlich sinkende Lebensqualität für alle.«

Müller war von diesem Ausbruch der Gefühle völlig überrascht. Er wusste nichts zu erwidern.

Lucy gab noch einen drauf: »Demokratie, an der nur noch eine Minderheit bei Wahlen und Abstimmungen teilnimmt, gilt heute als Legitimation des Anspruchs an den Staat, für das Wohl aller zu sorgen.

Demokratisierung des Reisens bedeutet das Überfluten von historischen Stätten durch Massen von Ignoranten, die sich an wenigen Merkpunkten vorbeischleusen lassen. Aber vielleicht dienen diese allgemein akzeptierten Merkpunkte wie Venedig, der Louvre, Brügge, die Berner Altstadt zur Sensibilisierung des Massengeschmacks, vielleicht werden sie auch bloß zerstört. Wer weiß das schon. Und wer will es wirklich wissen?«

Freitag, 22.9.2006

Am Morgen fuhren Nicole und Heinrich den Lauf der Kurzen entlang, wo das Tal immer schmaler wird, hinauf zur Wildenalp, den Weg, den Hans Bähler vergangenen Sonntag in umgekehrter Richtung genommen hatte. Die Straße zog sich über mehrere Kilometer der Bergflanke entlang, richtete sich dann plötzlich auf wie eine verwundete Schlange und fraß sich in engen Kehren den Berg hinauf bis auf 1100 Meter. Dort waren bereits die Bauern versammelt, die heute die Kühe von ihrer Sommerweide holten und einen feuchtfröhlichen Alpabtrieb feierten. Die Zeiten, in denen noch eine Chästeilet stattgefunden hatte, waren seit einer halben Generation vorbei. Nun wurde auch diese Milch in die Käserei im Schattgraben gefahren und dort zu Butter, Jogurt und Käse verarbeitet. Die ehemalige Alphütte mit dem offenen Feuer und dem schwarzrauchigen Abzug im Dach diente heute als Sommerwirtschaft für Wanderer, die hier oben picknicken und etwas trinken wollten, während die vornehmeren Gäste im Alphaus am Tisch bedient wurden.

Ein Garten voller später Dahlien, deren Köpfe teilweise bedenklich vom Stängel hingen, empfing die beiden, als sie den Opel parkten. Und endlich die Kühe, kurz vor dem Talgang zu einer Viehschau aufgereiht, die meist hornlosen Köpfe aneinander reibend, und nur ein paar wenige behornte Königinnen hatte man mit Blumenschmuck verziert, ein verkehrter Melkschemel mit dem Letzten, was auf der Alpweide noch zu finden war. Ein bisschen mager sah es aus, hilflos, aber offenkundig mit Liebe gemacht. Königinnen für einen Tag. Müller schien es, als ob die Kühe ihren Stolz zeigten durch ein erhobenes Haupt, das deutlich über die Köpfe der anderen ragte. Aber auch die Königinnen schlugen mit den Schwänzen um sich.

»Die Fliegen sind heute eine Plage«, sagte ein Bauer, »es liegen nasse Tage in der Luft, Nebel und Regen.«

Er sagte es zu niemand Bestimmtem, und er brauchte dazu auch seine Brissago nicht aus dem Mund zu nehmen.

Noch schien die Sonne klar vom Himmel, aber ihre Strahlen konnten den Morgentau nicht richtig erwärmen, der feuchte Boden konservierte die Kühle der Nacht. Als sich der Detektiv den Tieren näherte, spürte er einen stechenden Blick in seinem Rücken. Er wusste, dass er sich nach den gestrigen Gesprächen nicht mehr unbeobachtet bewegen konnte. Aber an diesem Herbstmorgen missgönnte man ihm noch den Schatten der Kühe. Um seine Verlegenheit zu verbergen, fragte der Detektiv den erstbesten Bauern: »Wie viel Milch gibt diese Kuh?« Nicole hatte ihn zu spät in die Seite gestupft.

Der Bauer schaute Müller verständnislos an, dann antwortete er: »Das isch es Guschti. Das gibt überhaupt keine Milch.« Dann drehte er sich um und schüttelte verständnislos den Kopf, während sich über den Umstehenden ein Gelächter ausbreitete, das noch lange in Müllers Kopf nachdröhnte. *Er stand da wie Butter an der Sonne.*

Nicole ermahnte Heinrich: »Wenn du das nächste Mal eine technische Frage stellst, die Kühe betrifft, besprichst du sie bitte vorher mit mir!«

Die Tiere warteten unbeeindruckt, in Reih und Glied, einander unbekannt, und warteten auf den Richter, der ihre Muskelmasse prüfte unter dem feuchten Fell, das in den Sonnenstrahlen dampfte, der ihr Gewicht abschätzte und im Kopf bereits davon abzog, was an Gehirnmasse, Knochenmark und gut durchbluteten Innereien alles entsorgt werden musste, bevor er den Preis bestimmte für die Lebendware, die später in einen Viehtransporter verladen würde mit Lüftungsschlitzen oben, wieder in Reih und Glied mit anderen Unbekannten, quer zur Fahrtrichtung.

So stand sie nicht in der Bibel, die Geschichte vom Jüngsten Gericht, die der Bauer seiner Frau gegenüber jeweils erwähnte, um sie vom sündhaften Leben abzuhalten, derselbe Bauer, der nun sie hier weggibt, seine Kuh, die alle sechs Jahre ihres bisherigen Lebens treu zu ihm gehalten hatte, ihm Kälber geboren jedes Jahr, ihm Milch geliefert jeden Tag, und dann noch Miss Schöneuter war an der Oberemmentaler Herbstviehschau 2004. So steht die Geschichte nicht in der Bibel. Aber vielleicht haben Kühe auch einen rächenden Gott, keinen liebenden, auch wenn der Bauer von Gottes Liebe ebenfalls nicht überzeugt ist, als er jetzt den Preis hört, den er für das brüllende Tier lösen soll. Deshalb schlägt er einmal mehr zu als nötig, damit das Vieh Ruhe gibt.

»Lass gut sein, Fredu«, sagte einer.

Der Angesprochene gab zurück: »Wirde wou wüsse, was i tue!«

Natürlich hilft es, wenn man sich einen langsamen Dialekt vorstellt. Aber selbst wenn man sich an den langsamsten Sprecher des eigenen Dialekts erinnern würde, hätte Fredu noch einen draufgegeben, was die Langsamkeit betrifft. Und das will in dieser langsamen Gegend etwas heißen, wenn der Zweitlangsamste über den Langsamsten sagt, falls er ihn wegrennen sieht: »Guck mal, der Fredu rennt schneller, als er redet.« Wobei, der Fredu führte heute ein vergleichsweise rasantes Mundwerk, weil er nämlich die Mitteilung bekommen hatte, eines seiner Guschti sei über die Straße hinausgeraten und nun abgängig. Das bringt selbst den langsamsten Kurzenauer in Wallung, wenn seine Kuh schneller denkt als er selber.

Nicole zog Heinrich am Ärmel seines Jacketts zum Wirtshaus hinüber, vor dem ein schwerer Findling lag, der offenbar zu einem Gedenkstein umfunktioniert worden war. Jedenfalls las Müller auf einer Metallplakette den Namen von Ueli Galli und sein Todesjahr 1635. Von ihm hatte er schon gehört, vom Bauernrebell aus dem Eggiwil, der sich gegen die Berner Burger erhoben hatte und mit den Luzernischen unter der Führung von Niklaus Leuenberger eine Bauernarmee von 16 000 Mann anführte, die trotz ihrer starken Mannschaft mit ihrer rustikalen Ausrüstung gegen das Burgerheer von Anfang an keine Chance hatte. Galli, Leuenberger und viele andere bezahlten das Abenteuer mit ihrem Leben oder mit der Verbannung.

Neben Müller stand plötzlich einer der Bauern, der gestern im *Bären* gesessen hatte. Er nickte mit dem Kopf auf die Plakette zu und sagte: »Das war noch einer, der auf die Hinterbeine gestanden ist gegen die Obrigkeit. Solche Leute könnten wir heute brauchen und nicht Waschlappen, die nur am Stammtisch den Mund aufmachen. Der Bauer lebt im Spannungsfeld von staatlicher Unterstützung, stagnierendem Konsum, überteuerten Futtermitteln, Samen und Pestiziden sowie unberechenbaren Wetterkapriolen. Während er immer noch glaubt, er sei ein freier Unternehmer, der sein Geschick in eigenen Händen halte, ist er in Wahrheit ein Rohstofflieferant, den Weltmarktpreisen ausgesetzt wie jeder Produzent in der Dritten Welt. Da kann schon mal eine Sicherung durchbrennen.«

Wie um diese Worte zu bestätigen, streckte ein weißhaariger Mann den Kopf aus einem Fenster im ersten Stock. »Der Berg ist da! Der Berg zeigt nach oben. Hast du ihn schon gesehen?«, fragte der Alte und zeigte auf die Schrecknadel und die Alpengipfel im Süden. Dort standen tatsächlich Berge, wie sie schon seit Zehntausenden von Jahren dastehen mochten.

»Jeder Berg zeigt nach oben«, nahm Müller die Frage auf.

Aber der Mann an seiner Seite sagte: »Bemühen Sie sich nicht. Es ist das Einzige, was mein Vater seit zwei Monaten von sich gibt.«

Jemand zog den Alten am Hosenträger nach hinten.

»Der Berg ist da! Der Berg ...«, hörte Heinrich noch, dann wurde das Fenster geschlossen.

»Kommt rein«, sagte der Mann in der blauen Arbeitsjacke und dem grauen Beret auf dem Kopf und zog Nicole und Heinrich an der Wirtschaftstür vorbei zum Seiteneingang und von dort in seine eigene Küche. »Fritz und Marie Bär« stand am Holzschild neben der Tür, und Müller erinnerte sich, dass Fritz mit seinem Cousin am Stammtisch gesessen hatte.

»Nehmt Platz, ich bin gleich wieder hier«, sagte Bär und stieg die Treppe in den oberen Stock hinauf. Man hörte ein Rumpeln aus der Kammer und ein paar laute Worte.

»Sie pflegen den Vater hier«, sagte Müller, aber er sprach es eher wie eine Frage aus.

Nicole lächelte ihn an und erzählte eine Geschichte: »Der Bauer sitzt im Altersheim, das von einer thailändischen Prostituierten im Ruhestand geleitet wird, was ihn nicht weiter beunruhigt, geht es doch auch bei den Kühen nicht immer so zu, wie es in den Zehn Geboten steht und es der Pfarrer für richtig hält. Es stört den Altbauern aber ganz gewaltig, dass er deswegen nun täglich Reis essen muss, ein Nahrungsmittel, mit dem er asiatische Untermenschen und Hungerleider assoziiert.

Dass er jetzt selber einer von diesen Untermenschen sein soll, will ihm nicht in den Kopf. Also verweigert er die Nahrungsaufnahme, was ihn nach ein paar Monaten wirklich wie einen Hungerleider aussehen lässt. Niemand erkennt mehr den kraftvollen Mann in ihm, und wenn er seinen Altersheimkollegen vom früheren Leben erzählen will, schreien ihn die anderen als Angeber nieder. Die Altersheimleiterin stellt derweilen in stoischer Ruhe eine weitere Schale Reis vor ihn hin, Reis, den sie später den Tauben verfüttern wird.«

»Davor also haben sie Angst«, wunderte sich Müller, dem eben ein Stierenkatalog in die Hände gefallen war. Er legte ihn auf den Tisch und blätterte die ersten Seiten um. Fasziniert beobachtete er eine ganzseitige Tabelle, die aussah wie eine Distanztabelle zwischen verschiedenen Städten, nur dass statt der Städte andere Namen verzeichnet waren: Älpler, Bruno, Paradiso, Tabasco, Kandis, Sokrates, Hindu, Newton, Pickel, Ferdinand, Jordan, Apollo und Tomba paarten sich mit Gretli, Morchel, Aurora, Heidi, Gazelle, Karin, Narzisse, Emanza, Marlen, Claudia und Olga.

»Nicole fehlt«, stellte Müller fest.

Man konnte Fleckvieh haben, Braunvieh, Holstein, Red Holstein, Jersey, Eringer, Montbéliarde und Hinterwäldler als Milchrassen, Simmentaler, Limousin, Charolais, Angus, Blonde d'Aquitaine und Piemontese zur Fleischproduktion. Was zusammengehörte, ließ sich am waagrechten Strich ablesen in den grünen Feldern, orange leuchteten die heiklen Kreuzungen aus dem Blatt und rot waren die verbotenen Züchtungen markiert. Einfach. Wie beim Stopplicht an der Kreuzung, dachte Müller. Dann fiel sein Blick auf einen Satz zur Brunst beim Natursprung. Er las ihn Nicole vor: »Der Stier folgt der Kuh. Durch Auflegen des Kopfes auf die Nachhand prüft der Stier die Duldung. Das Auflegen des Kopfes und das Ausschachten des Penis sind deutliche Anzeichen seiner Erregung.« Das war eine faszinierende Vorstellung: die Kurzenauer Männlichkeit beim Ausschachten des Penis. Nicole lachte, Henry seufzte und meinte: »Dafür ist der Genetikkatalog doch gar nicht gedacht. Der ausgewählte Samen wird doch vom Tierarzt in die Kuh hineingestopft.«

In diesem Augenblick stolperte Fritz Bär mit harten Tritten die Treppe herunter und setzte sich zu den beiden an den Tisch. Er deutete auf den Katalog und sagte: »Das sind alles Hochleistungsstiere. Wenn du mit denen eine Kuh besamst, kannst du die Nachkommen mit der herkömmlichen Fütterung nicht mehr halten. Das auf dem Hof gewachsene Gras reicht für die entsprechende Leistung nicht mehr aus, da braucht es Kraftfutter und Zusatzstoffe. Noch nicht alle Bauern haben sich darauf eingestellt, die zu ihrem Hof passenden Tiere zu kaufen und die Ausgewogenheit zwischen Aufwand und Ertrag sicherzustellen. Jetzt hast du zwar halb so viele Kühe auf dem Hof, aber die geben doppelt so viel Milch wie vor 20 Jahren. 40 Kilo am Tag. Und pro Kilo müssen 400 Liter Blut durchs Euter fließen. Jetzt kannst du ausrechnen, was so ein Herz leisten muss. Dann wird dir der Milchliefervertrag gekündigt. Du hast Schulden beim Samengenetiker, beim Tierarzt, beim Futtermittelhändler.«

Fritz Bär griff unter die Holzbank, auf der er saß. Da stand immer ein Halbeli Valpolicella, das er bei jeder Gelegenheit hervorzog, in ein grobes Glas umschüttete und Schluck für Schluck in sich hineinrinnen ließ, den säuerlichen Geschmack auskostete, der sich nicht veränderte, egal, ob der Wein kalt oder warm war. Er liebte das feine Prickeln auf der Zunge, und der Wein passte so gut zu den kräftigen Speisen und zur rauen Luft in der Höhe, dass der Händler aus Langnau den etwas längeren Lieferweg gerne auf sich nahm.

Müller sagte: »Ich habe draußen eine außerirdische Kuh gesehen, die hieß Candy-ET.«

Der kleine Mann mit dem verschmitzten Gesicht lachte. »ET bedeutet Embryo-Transfer. Aus der Gebärmutter einer Elitekuh werden die Embryos ausgespült, eine Durchschnittskuh trägt dann das Kalb aus.«

»Wie werden die anderen befruchtet?«

»Im Berggebiet, wo es nicht in erster Linie auf die Milchmenge ankommt, weil du sonst zufüttern musst, meist mit Natursprung. Das heißt, der Stier darf ran an die Kuh.«

»Bei den anderen darf der Tierarzt ran?«

»Ja. Und der Stier wird aus dem Stierenkatalog gewählt. Die Auswahl ist allerdings begrenzt.«

»Irgendwo habe ich mal ETN gelesen«, sagte Nicole.

»Das ist die Bezeichnung für geklonte Tiere.«

»Geklonte Tiere?«, wunderte sich Müller. »Wie merke ich als Käufer, dass ich Milch von geklonten Kühen kaufe?«

»Das merkst du nicht. Die Milch ist nicht gekennzeichnet.«

Der Kaffee für Nicole und Heiri, wie Müller nach dem Zuprosten hieß, entstand in einem Glas, in dem gefriergetrocknetes Pulver sparsam mit heißem Wasser überbrüht wurde, gerade so viel und so dünn, dass es noch Platz ließ für den Obstler, den der Störbrenner im letzten Herbst wieder hervorragend hingekriegt hatte. Mirabellen!

Müller bemerkte bald, dass sie weniger willkommen geheißen als von den anderen fern gehalten werden sollten. Schnüffler waren nicht erwünscht, denn Bär war nicht wirklich willens, alle seine Fragen zu beantworten. Er starrte meist in sein Glas und füllte Schnaps nach. Eine halbe Stunde später wurde Nicole unruhig. Der Detektiv wollte wissen: »Hast du am Sonntag etwas Besonderes bemerkt?«

»Nein, was soll da gewesen sein?«

»War der Housi nicht noch bei dir, bevor er mit seinem Auto den Berg hinunter fuhr?«

»Nicht dass ich wüsste, aber ich habe mich draußen bei den Kühen aufgehalten und nicht jeden Gast im Blick gehabt. Schon möglich, dass er hier etwas getrunken hat. Das erste Mal wär's ja nicht gewesen.«

»Aber nicht so viel, dass er sein Auto nicht mehr im Griff gehabt hätte?«

»Nein, eigentlich hat Housi in letzter Zeit wenig getrunken. Ich glaub, der hat früher mal einen Entzug gemacht und Tabletten geschluckt. Oder er ist bei den Anonymen Alkoholikern.« Dabei lachte er und schüttete ein paar Zentiliter Mirabelle nach.

»Er hatte aber zum Zeitpunkt seines Todes ziemlich viel Alkohol im Blut«, sagte Heinrich.

Fritz zuckte nur mit den Schultern.

Nicole verdrehte die Augen und machte Zeichen zum Gehen.

Heiri meinte, sie wollten noch vor den Kühen die Straße runter, damit sie den Alpabzug im Dorf erwarten könnten.

Bär nickte, gab aber keinen weiteren Kommentar ab.

Sie schafften es knapp, bevor der Weg nach Kurzenau für den motorisierten Verkehr gesperrt wurde. An der Abzweigung zum Schattgraben wollten sie warten und die Kühe an sich vorbei ziehen lassen. Aber sie hofften auch auf eine Reaktion von einem der Bauern, wenn sie die Unfallstelle passierten. Was dann geschah, war doch überraschend. Zuerst stellten Nicole und Heinrich fest, dass jede zweite Kuhstaffel bereits unterwegs in irgendein Heimetli, das abseits des Weges lag, abgezweigt war. Als nun endlich die letzten verbliebenen Herden an ihnen vorbeizogen, blieben nicht die Bauern, sondern die Kühe stehen, senkten die Köpfe, schwenkten sie hin und her, als ob sie mit dem Baum, der am Unfall mit beteiligt war, in Zwiesprache stünden. Die seltsame Zeremonie dauerte ein paar Sekunden und setzte sich durch die Reihe der Tiere fort, bis auch das letzte der eingeknickten Fichte ihre Reverenz erwiesen hatte.

»Daraus wäre ein schönes Alphorn geworden, wenn der Housi nicht so gebrettert wäre«, sagte eine helle Stimme hinter Müller. Der Detektiv glaubte, von Menschen nur noch Informationen zu erhalten, wenn sie hinter ihm stünden, sozusagen ihm das Gesicht nicht zuwenden müssten, damit man ihre Lügen nicht erkennen würde. Jedenfalls erschrak er wieder, nicht so sehr über die Lautstärke des Redenden, sondern weil er derart in den Anblick der Kühe vertieft gewesen war. Der junge Bursche, den sie im ersten Stock der Käserei gesehen hatten, rannte von Müller weg in Richtung Schattgraben und machte zum Abschied ein paar Faxen. Ein schwermütiger Mann Anfang 20, er trug eine dunkle Cordhose, Jeansjacke und ein blaugestreiftes Hemd. Das sah der Detektiv, als sich der Sohn des Käsers noch einmal umdrehte. Tief liegende Augen mit schwarzen Rändern, ein schmales, bleiches Gesicht, halblange blonde, ungepflegte Haare.

»Das war der Sohn des Käsers, Eichenberger Beat«, bestätigte Nicole lauter als nötig. Denn in diesem Augenblick verstummten die Kuhglocken, sodass jeder, der auf der Straße stand, Nicoles Worte aufnahm und dem Burschen nachblickte, der nun ein schnelleres Tempo anschlug.

Freitag, 22.9.2006

Als Heinrich und Nicole in den *Bären* zurückkehrten, waren über dem Kurzgraben Wolken aufgezogen. Es herrschte plötzlich eine fiebrige Gewitterstimmung, die nur schlecht zum schönen Herbsttag passen wollte. Die Sonne beleuchtete die hohen Wolken von unten, sie erstrahlten in giftgelbem Orange und ließen die Schatten im Tal noch düsterer erscheinen. Die warme Nachmittagsluft hatte einem stechenden Geruch nach abgebranntem Feuerwerk Platz gemacht.

Müller bewunderte die ausladende geschweifte Ründi, die mit floralen Motiven in Gelb und Grün bemalt war. Dazwischen sah er auf der einen Seite einen Senn vor dem Käsekessi, auf der anderen ein Milchmädchen mit einer Bränte auf dem Rücken. Zum Glück keine Milchhexe, dachte der Detektiv, der etwas zu lange im *Handwörterbuch des deutschen Aberglaubens* gelesen hatte.

Die Tür zur Gaststube stand offen. Nicole ging auf ihr Zimmer, um sich für den Abendservice bereit zu machen. Müller betrat den leeren Wirtsraum. Kaum hatte er sich an seinen gewohnten

Platz gesetzt, erschien die Aushilfsbedienung, ein spätberufenes Mädchen Anfang 30, das tagsüber von Freitag bis Sonntag arbeitete, wie es dem Detektiv sofort erklärte, als es ihm die Speisekarte reichte.

»Lilly ist mein Name«, sagte es, »darf ich mich zu Ihnen setzen, während Sie auswählen? Es ist ein bisschen langweilig, weil alle noch mit der Alpabfahrt beschäftigt sind und heute kaum vor dem Abend kommen werden.«

Müller sah keinen Grund, gegen diese Bitte Einwände vorzubringen, aber dass ihm die junge Dame, die ihn mit einem schmachtenden Blick aus dunklen Augen ansah, gefallen hätte, könnte man nicht behaupten. Ihre braunen Locken fielen schwer übers ovale Gesicht, und die leicht geöffneten Lippen verstärkten den Eindruck unverhohlener Not. Nun beugte sich Lilly über die Speisekarte, zeigte mit zwei Fingern auf das Tagesgericht und sagte: »Das ist das gleiche wie gestern. Ich würde Ihnen etwas anderes empfehlen.«

In der abrupten Bewegung war der oberste Knopf der Bluse aufgeplatzt, was Müller einen schwankenden Busenansatz darbot und ihn an ein B-Movie der Fünfzigerjahre denken ließ. Dabei strömte Lilly wenig Sinnlichkeit aus. Tagsüber gestylt wie ein zweitklassiger Filmstar, dachte

Henry, nachts im Pyjama von *Ottos Schadenposten.*

Es litt an Weltschmerz; europamüde und lebenssatt war es zwar noch nicht, aber es klagte sehr, wie es keine Freude hätte, nirgends hin käme, ganz versauren müsse. Nicole hatte ihn irgendwann an diesem Nachmittag vorgewarnt, dass die Tagesbedienung jeden zweiten Auswärtigen fragte, ob er sie heiraten möchte, weil jeder andere Ort besser sei als Kurzenau.

Die Auswahl an Speisen beschränkte sich auf wenige Menus: Cordon bleu ›Maison‹ mit Pommes frites, Kurzenau-Geschnetzeltes mit Rösti (dreierlei Fleisch: Schwein – Rind – Kalb), Riz Casimir, Rahmschnitzel mit Früchten und Nudeln, Speckrösti. Keine kulinarischen Höhenflüge.

Lilly war von einer kleinen Tour durch die Gaststube zurückgekehrt. Sie hatte eine Stange abgezapft, an der Musikbox ein paar Tasten gedrückt und ein loses Blatt mitgebracht. »Unser Spezialangebot dieses Wochenende«, sagte sie, indem sie die Lippen missbilligend schürzte. Die *Klostertaler* jammerten im Hintergrund eines ihrer österreichischen Voralpenlieder, Müller las: Geräuchertes Euter mit den letzten Stangenbohnen und Bratkartoffeln. »Das nehme ich«, sagte er voller Überzeugung und in der inbrünstigen Hoffnung, dass er wegen dieses Ekelmenus die Bedienung nicht heiraten müsse.

Er hatte gesehen, dass Lilly dunkelbraune Stützstrümpfe trug, deswegen sagte er, als sie sich wieder zu ihm gesetzt hatte: »In unserer Kindheit wollte man uns weismachen, durch die Laufmaschen in den Nylonstrümpfen entweiche die Hitze der Frauen. Wir stellten uns also möglichst nah an ihre Beine, um davon zu profitieren.«

»Machen Sie sich nicht über mich lustig«, entgegnete Lilly, »das Leben ist schon schwer genug. Seit Jahren suche ich einen Mann, der mich aus diesem Tal wegbringt.«

»Weshalb warten Sie denn auf einen Mann? Warum sind sie nicht selber gegangen?«, fragte Müller nach dem ersten Schluck Bier.

»Was hätte ich denn tun sollen? Erst war es nicht wichtig, einen Beruf zu lernen. Man hat mir immer gesagt: Du heiratest einen Bauern, da musst du werchen können und nicht einen Beruf lernen, der dich hoffärtig macht, sodass du keine schmutzigen Finger mehr haben kannst. Dann sind die Eltern krank geworden, erst die Mutter, und als diese nach kurzer Krankheit gestorben ist, mochte auch der Vater nicht mehr leben. Nicht einmal Wasser kochen konnte er, wie hätte er sich da durchs Leben schlagen wollen. Ich habe also die Tiere verkauft und vom Erlös ein paar Jahre im Elternhaus leben können. Aber nun muss ich hier arbeiten. Ich kann mir keine Wohnung in der Stadt leisten. Nur Singen, das habe ich immer gerne gemacht. Heute würde ich mich für die Fernsehshows anmelden, die Schweiz sucht den Superstar.«

»Was haben Sie denn gesungen?«, fragte Müller, und er war wirklich neugierig.

»Nichts, was Ihnen gefallen würde. Ich hab gleich gemerkt, dass Sie nicht auf die *Klostertaler* stehen. Aber solche Musik eben. Sogar drei CDs sind veröffentlicht worden. *Lilly Sonnenschein und die Emmentaler Spitzbuben*. In meiner Bewerbung kann ich dann schreiben: ›Ich hatte drei Nummer Eins in der Emmentaler Hitparade.‹ Aber der Chef sagt: ›Du kannst die Kasse nicht bedienen.‹«

Mit ihrer langsamen, behäbigen Berner Stimme ergänzte sie noch: »Man soll im Leben nicht zu schnell vorwärts gehen. Die Seele kommt sonst nicht mit.« *Ihr Herz war nicht im Tanz, sie tanzte wie eine Dulderin, um nicht zu sagen wie ein Schaf, das zur Schlachtbank geführt wird.*

Müller hätte sich beinahe gefangen nehmen lassen von der Melancholie des Augenblicks, konnte sich aber doch beherrschen, Lilly in den Arm zu nehmen und sie zu trösten. Dafür brauchte es ein anderes Kaliber, als er es war. Außerdem war sein

Sarkasmus der Erdverbundenheit dieser Bauerntochter nicht angemessen.

»Sie wissen, warum ich hier bin?«, fragte er.

»Ja«, seufzte Lilly und wollte sich bereits vom Tisch erheben.

»Wissen Sie irgendetwas von der Sache? Wenn Housis Tod als Selbstmord durchgeht, dann kriegt die Familie kein Geld von der Versicherung.«

Das weckte den Gerechtigkeitssinn der Romantikerin, die sich sehr gut in die Lage einer vom Tod betroffenen Familie versetzen konnte. Die Aussicht auf ein Leben ohne Geld schreckte Lilly, denn sie sagte: »Das darf nicht geschehen. Da kann doch die arme Frau nichts dafür, wenn der Housi ...«

»Was redest du für einen Blödsinn«, rief der Wirt aus der Küche. Er hatte offenbar alles mitgehört. Dann trat er durch die Tür an die Theke. »Glauben Sie ihr kein Wort.«

»Aber ich hab doch noch gar nichts gesagt«, jammerte Lilly. »Außerdem weiß ich, was ich weiß! Da soll mir niemand befehlen, ob ich zu reden habe oder nicht. Unrecht ist es doch, wenn Housis Frau nichts kriegt.«

Der Wirt zuckte die Schultern.

Im Hintergrund stöhnte James Blunt seine präkoitale Belästigung ›You're beautiful‹.

»Wie war das denn vor zwei Jahren«, fuhr Lilly fort, »als Housi nicht mehr im *Bären* übernachten wollte, sondern lieber auf die Wildenalp ging, selbst im Winter? Wie schnell haben da Gerüchte die Runde gemacht, er habe ein Verhältnis mit der Bär? Und woher ist er am letzten Sonntag gekommen?«

Die Fragen blieben unbeantwortet im Raum stehen.

Dafür brachte der Wirt nun das fein geschnittene Euter, stellte den prall gefüllten Teller an Heinrichs Platz und sagte zu Lilly: »Bring dem Detektiv ein Halbeli Roten. Dann kannst du nach Hause gehen. Nicole übernimmt in einer Viertelstunde.«

Am Abend saß die Viererbande wieder am Stammtisch, die Graber-Cousins und die Bär-Cousins. Nur etwas hatte sich geändert. Die Bauern hatten bei ihrer gemeinsamen Ankunft im *Bären* bemerkt, dass Müller das Spezial-Menu zu sich nahm und baten ihn dann an ihren Tisch. Nach dem *Bären*-Kaffee wurde um den Wein gestritten. Fendant, Luins und Epesses standen bei den Weißen zur Wahl, Dôle, Salvagnin und Luins bei den Roten. Eher der Eisberg als die Spitze des Eisbergs, dafür bekömmlich fürs Portemonnaie.

Man sprach über die Schwingfeste vergangener Jahre, über die Leiden des beginnenden Alters, über die Zeit, als Pelé noch Fußball gespielt hatte. Man sprach über die Schweiz, die erste Mannschaft, die an einer Weltmeisterschaft ausschied, ohne ein Gegentor kassiert zu haben. Rekordverdächtige Igelmentalität.

»Taktik, gute Organisation, abstraktes Spiel, Langeweile«, sagte Graber Rüedu über die Fußballweltmeisterschaft 2006. »Es kommt einem vor wie mit der Entwicklung des Glaubens. Früher war das Leidenschaft und Hingabe, Kunst und Freude. Und was ist daraus geworden? Bilderverbot und leidenschaftsloser Geschäftssinn. Protestantische Ethik eben. Im Fußball wie in der Religion.«

»In deinem schwärmerischen Ausfall vergisst du die Allmacht und die Furcht, die mit der Leidenschaft einhergeht. Und du unterschätzt das Sicherheitsbedürfnis, das der materielle Erfolg garantieren soll«, meinte sein Cousin.

Der alte Mann mit den schlohweißen Haaren setzt sich dazu, Ramseier Werner, das Dorforiginal, ehemaliger Stationsvorsteher der Bern-Luzern-Bahn, wie sie im Tal immer noch genannt wurde, und Besitzer einer aufgegebenen Kapelle. Er grüßte knapp in die Runde, nickte Müller zurückhaltend zu, setzte sich auf einen Stuhl. Die schwere Holzkassettendecke lastete auf ihm, vielleicht waren es auch die Gespräche der Anwesenden über die Abwesenden, jedenfalls blieb er still und stumm, stützte den Kopf in beide Hände und schlief langsam ein, drohte vom Stuhl zu kippen.

Jedes Mal, wenn es im Lokal lauter wurde, schreckte Ramseier aus seinem Schlaf auf und nickte wie zur Bestätigung des eben Gesagten. »Alle haben eine Meinung, aber keiner eine Ahnung«, brummelte er.

Bis es einer merkte, waren drei weitere Flaschen Bier bestellt, »und ein Einerli Luins, Frölein«, bläfzgte Ramseier hinterher. Nicole streckte ihm hinter seinem Rücken die Zunge heraus. »Ihr solltet wieder mehr der Natur zuhören und ihren Willen achten.«

Es tönte wie der Anfang einer Rede, nicht wie ein Beitrag zum vorherigen Gespräch. Dennoch widersprach keiner.

»Er hat eine lichte Phase«, flüsterte einer in Müllers Ohr.

»Ihr sollt nicht gegen Gottes Gebot verstoßen und den Kühen die Hörner wegbrennen. Es sind Kreaturen, die genauso leiden wie wir. Man muss die Dinge neu arrangieren und in einen anderen Verständniszusammenhang bringen. Wenn man zum Beispiel eine Tabelle statt von oben nach unten von rechts nach links anordnet, bekommt man ganz andere Resultate. Die Darstellung beeinflusst das Denken. Ihr müsst die Fragestellungen umkehren:

Was wäre, wenn die Vogelgrippe vom Menschen auf die Vögel übergesprungen wäre? Wie könnte sich das Gefieder zur Wehr setzen? Alles nach Gottes Lebensplan.«

»Nun lass gut sein, Ramseier«, meinte Ueli Graber und kratzte sich am Doppelkinn. »So gottesfürchtig bist du auch nicht. Oder hast du vergessen, wie du den Habegger aus dem Tal gejagt hast mit deinen ständigen Anschwärzungen?«

»Der ungläubige Hund. Der hat das Vieh nach den Lostagen auf die Weide gelassen und nach dem Mondkalender seinen Garten bestellt. Dabei ist die Welt ein Garten Eden. Gott hat seinen Kindern beigebracht, auf ihn zu hören, nicht auf Götzen wie den Mond.«

»Aber der ist doch auch von Gott erschaffen worden«, beeilte sich Graber Rüedu zu sagen.

»Und wer ist Habegger?«, fragte Müller, den alle vergessen hatten.

Ernst Bär meldete sich zu Wort, der überhaupt für die Aufklärung des Detektivs im nötigen Maß, aber nicht darüber hinaus, verantwortlich schien: »Habegger war Kräuterheiler, Handaufleger und Rutengänger. Er hat die Leute im Tal geheilt, die nicht zum Doktor gehen wollten oder die von den Ärzten bereits aufgegeben worden waren.«

»Er hat gegen Gottes Plan verstoßen«, brummte Ramseier. Er wirkte wie der Racheengel mit handlangem, ungekämmtem Haar und ebensolchem Vollbart.

»Du hast es oft und laut genug betont. Jetzt fahren die Kranken eben ins Entlebuch, damit ihnen jemand hilft. Dabei hat doch deine Frau dasselbe getan.«

»Lass meine Frau aus dem Spiel. Die war viel zu gut für deine Zunge. Ich hätte den Habegger umgebracht, wenn er in seinem heidnischen Tun fortgefahren wäre.« Er sagte es wie eine alltägliche Feststellung, schlug dabei aber derart laut mit seiner Faust auf den Tisch, dass es augenblicklich still wurde in der Gaststube.

Dann verließ er wort- und grußlos den Saal.

Erst nach und nach kehrte wieder die emsige Geschäftigkeit ein, die vorher geherrscht hatte.

»War er schon immer so?«, fragte Müller in die Runde.

»Der Ramseier? Nein. Das hat vor ein paar Jahren begonnen wegen einer Geschichte, die er uns nie erzählen wollte. Ich glaube, er war ein letztes Mal verliebt, und diese Frau hat ihn sitzen lassen. Damals begann seine religiöse Phase. Er ist ein lieber Mann, aber wenn er zu viel getrunken hat, wird er unausstehlich.«

»Der Weggang von Habegger war also ein Verlust für das Tal?«, fragte Heinrich.

»Ein gewaltiger Verlust sogar«, sagte der Wirt, der sich nun mit einem Teller seines Spezialmenus ebenfalls zu ihnen gesetzt hatte, er, der sich sonst lieber in die Küche zurückzog.

Müller begann zu erzählen: »95 bis 99 Prozent des Wissens der Menschheit werden in Form von Geschichten weitergegeben. Natürlich lernen wir in der Schule Formeln und abstrakte Zusammenhänge. Aber dafür haben wir Tabellen, Lehrbücher, Computer. Was uns wirklich in Erinnerung bleibt, sind die Geschichten, gute und böse. Wenn uns die Fähigkeit des Erzählens abhanden kommt, geht das Wissen der Welt verloren. Denkt bloß an die ältesten verfügbaren Erkenntnisse, dann bestätigt sich dieses Phänomen. Es sind Weltschöpfungsmythen, Vorstellungen von Himmel und Erde, Erklärungen für Vorgänge in der Natur, für Götter und Religionen, es sind Regeln und Tabus, Märchen und Sagen. Sobald der Mensch die Schrift erfunden hatte, wurden die damals wichtigsten Geschichten aufgeschrieben, gesammelt und manchmal Jahrhunderte später zu großen Werken zusammengefasst.«

»Wie die Bibel«, bestätigte der Wirt zwischen zwei Bissen Euter. Mit langen, aber etwas steifen Fingern schob er ein Stück Brot nach. Seine Augen flackerten unruhig.

»Genau. Aber diese religiösen Sammelbände entstanden in einer Zeit, als Mönche das Monopol über das Schreiben besaßen. Viele andere Geschichten wurden nur aus Interesse darüber dokumentiert, was die Konvertierten oder zum eigenen Glauben Gezwungenen früher geglaubt hatten. So sind einige Zaubersprüche und Heldensagen erhalten geblieben, sehr vieles aber ist verloren gegangen. Vielleicht versteckt sich einiges auch hinter den religiösen Geschichten. Die Atomkraftwerkbauer hatten vor einigen Jahren das Problem anzugehen, wie man radioaktive Endlager für die Menschheit in den nächsten zehntausend Jahren sichern könnte. In der Analyse dessen, was wir über denselben Zeitraum wissen, wenn wir in der Geschichte zurückgehen, kamen sie auf zwei Möglichkeiten: steinerne Megabauwerke wie die Pyramiden oder religiöse Tabus. Alle anderen Datenträger überstehen kaum mehr als ein paar Jahrzehnte.«

»Ein neues religiöses Tabu dürfte aber schwierig einzuführen sein«, wandte Fritz Bär ein, der auch schon mit schwerer Zunge sprach, dabei aber die Augen so zusammenkniff, dass die obere Zahnreihe im geöffneten Mund sichtbar wurde.

»Das ist richtig. Dennoch gibt es kaum andere Chancen, Informationen über so lange Zeit weiterzugeben.«

»Im Prinzip ist also das vorausgedacht, was Erich von Däniken zurückdenkt«, gab Ueli Graber zu bedenken, und seine groben Runzeln wurden vom Sinnieren noch tiefer.

Alle waren überrascht, dass er diesen Mann ins Gespräch einbaute.

»Wie meinst du das?«, fragte sein Cousin.

»Ich war doch mit meiner Frau vor zwei Monaten im *Mystery Park*. Da wurden ein paar Fragen gestellt, die ich seither nicht mehr aus dem Kopf gebracht habe. Von Däniken geht davon aus, dass Außerirdische in vorgeschichtlicher Zeit die Erde besucht und uns Informationen zurückgelassen haben, zum Beispiel in Form von Steinkreisen, die das Sonnensystem abbilden. Wenn wir diese Dokumente finden und entschlüsseln, sind wir auf der Spur der Verursacher. Die Atomwissenschaftler machen nun dasselbe in umgekehrter Richtung. Das heißt nach vorne.«

»So ist es«, bestätigte Müller. »Das Dumme ist nur, dass viele Menschen wortwörtlich an diese Geschichten glauben wollen, auch wenn sie in einer Zeit entstanden sind, von der sie keine Ahnung haben.«

»Statt dem tieferen Kern auf den Grund zu gehen?«

»Oder sie einfach als das zu genießen, was sie auch sind: Gut erzählte Storys.«

»Offenbar gibt es irgendwo ein Loch in der Welt, durch das die Zeit fällt«, meinte Heinrich Stunden später in seinem Zimmer, in das ihn Nicole zu einem letzten Umtrunk begleitet hatte.

»Bei mir ist es eher das Geld, das dort verschwindet«, seufzte sie.

»Und manchmal die Lust«, sagte Müller.

»Die Lust auf Sex? Und die Liebe?«

»Kommt vor. Aber eigentlich die Lust auf das Leben. Das hängt zusammen mit der verlorenen Zeit. Das Älterwerden bringt viele Beschwerlichkeiten mit sich und nur wenige Freuden.«

»Dann berichte mal von den Freuden, damit ich mich nicht ängstigen muss.« Sie legte den müden Kopf auf seine Knie, er fuhr mit dem Finger die Zickzacklinie ihres Scheitels entlang.

»Es gibt einem eine gewisse Unabhängigkeit, weil man erfahren hat, dass einem selten etwas Schlimmes passiert, mit Ausnahme gesundheitlicher Beschwerden natürlich. Man hat nicht mehr das Gefühl, alles mitmachen zu müssen, man leidet nicht darunter, wenn man nicht überall dabei sein kann. Es gibt weniger Zwänge.«

»Und in den Beziehungen?«

»Da wachsen die Ängste, und man lässt sich nur ungern auf eine Person ein, mit der man vielleicht dieselben Erfahrungen noch einmal machen müsste, die man bereits hinter sich glaubt.«

»Nun«, seufzte sie, »dann darf ich wohl wieder mal was ignorieren. Aber wenn die Erklärungen in der Welt immer so einfach wären, wie deine Worte es vermuten lassen, dann hätte doch niemand den Housi Bähler umbringen müssen.«

Samstagmorgen, 23.9.2006

Mitten in der Nacht gellte von der Wildegg ein Schrei über das Tal, brach sich an den schroffen Flanken der Churzflue, waberte als immer stumpferes Echo den Graben hinunter in den Schachen und weckte die Menschen. Nicht zum ersten Mal.

Es war der Hilfeschrei einer Frau, dem ein zweiter folgte, ebenso ungestüm wie der erste. Die Schläfer drehten sich verärgert einmal im Bett hin und her und nickten dann erleichtert wieder ein. Seit Monaten dasselbe Spiel! Man hatte sich daran gewöhnt wie an einen fahrplanmäßigen Güterzug.

Der dritte Schrei kam überraschend schnell. Mittendrin brach er ab. Selbst das Echo verstummte. Es folgte die Stille des Todes. Alle schreckten auf, beunruhigt von der kalten Ruhe, die sich über den Graben legte wie ein Mantel des Vergessens. Diese plötzliche Stille war beängstigender als der lauteste Schrei.

Müller erwachte voll bekleidet, die rauschschweren Lider ließen wenig Licht in sein Hirn. Er zog sich aus und legte sich schwer in sein Bett. Zwei Stunden später hörte er die Männer vor dem *Bären*, wie sie sich zur Fahrt auf die Wildegg bereit machten. Jetzt, da er hätte angezogen sein müssen, war er nackt.

Die Männer wagten sich erst beim Morgengrauen auf die Wildegg, zu dunkel war die Nacht und zu gefährlich der Weg. Als das erste und das zweite Klopfen nicht half, drückte der Mutigste gegen die Tür, die unerwartet nachgab und den Weg frei machte ins wettergraue Bauernhaus hinein. Auch wiederholtes Rufen brachte keinen Erfolg. Aus dem Stall hörte man Kühe brüllen, die offenbar noch nicht gemolken worden waren. Da stieg der Gemeindeschreiber in den ersten Stock hinauf, wo sich die Schlafkammer befand. Er öffnete die Tür ohne anzuklopfen.

Ihm bot sich ein Bild des Schreckens. Im Doppelbett lag der schnarchende Ernst Bär. Neben ihm, blutbesudelt, den Kopf halb abgetrennt, seine Frau Therese. Ein Beil steckte in einem Brett des Fußbodens. Zweifellos die Tatwaffe.

Der kräftige, untersetzte Mann mit den braun gebrannten, dicken Fingern und einem fetten Bauch trug noch seine grauen Arbeitshosen und ein hellblaues, verschwitztes Unterhemd. Als man ihn endlich wachgerüttelt hatte, kam auch Kantonspolizist Blaser durch die Tür. Ernst Bär blickte aus aufgequollenen Augen auf Therese und wollte nicht begreifen, was die vielen Leute in seiner Schlafkammer wollten. Man ließ ihn nun in Ruhe, aus Angst, Spuren zu vernichten, obwohl die Fingerabdrücke des Bauern auf dem Beil wie auch auf seiner Frau zu finden sein müssten. Auch war er selber vom Kopf bis über die Schultern hinaus voller Blut.

Dann begann Bär zu weinen, als er das ganze Ausmaß des Schlachtens im Schlafzimmer begriffen hatte. Er beteuerte seine Unschuld und erklärte, er sei gestern Abend in einem Zustand von Trunkenheit gewesen, dass er nicht einmal mehr wisse, wie er ins Bett gekommen sei. Seine Frau sei ihm dabei nicht begegnet. Er sehe sie heute Morgen zum ersten Mal seit dem gestrigen Melken wieder.

Seine Erklärungen waren von einer derartigen Unbeholfenheit, dass sie beinahe glaubwürdig wirkten. Aber eben nur beinahe. Man brachte ihn mit vereinten Kräften – seine Gegenwehr war wegen des Alkohols, der immer noch durch seine Adern pulste, nicht allzu stark – nach Langnau ins Amtsgefängnis, wo ihn eigentlich nur das Schicksal seiner Kühe interessierte. Für seine Frau fand er keine Worte.

Es ist ein seltsames Leben auf einer solchen Egg. Da schweigst du dich wochen-, ja monatelang an, und wenn du dann für ein Fest ins Tal runtersteigst, was der Bär Ernst durchaus öfter getan hat, gibt es ein derartiges Besäufnis, dass du am anderen Tag nicht mehr weißt, was du gesoffen und was du gesagt hast.

Das wissen auch die Polizisten, der Blaser Hermann, der auf dem Außenposten Kurzenau ausharren würde, bis er in Pension ging, und Hans Zaugg aus Langnau, der mit 30 noch Ambitionen hatte, aber deutlich später als sein älterer Kollege am Tatort auftauchte. Kurz hatten sie noch Gelegenheit gehabt, mit Ernst Bär zu sprechen, das heißt auf ihn einzureden, da sie ihn nun auch verdächtigten, mit dem Tod des Einwägers Hans Bähler zu tun zu haben. Aber Bär schwieg zu allem beharrlich.

Inzwischen hatte es auch Heinrich Müller geschafft. Zu Fuß hatte er den größten Teil des Weges zurückgelegt, da er mit seinem Opel die steilen Böschungen ohne Vierradantrieb nicht unter die Räder brachte. Wenigstens war der Alkohol mit dem Schweiß aus seinem Körper verdunstet, als er vor dem Haus stand, das durchaus als schiefe Hexenhütte hätte durchgehen können. Obwohl es dem Biswind ausgesetzt war wie eine einsame Tanne über dem Abgrund, zeigte es keine Anzeichen, sich der Witterung mehr als nötig zu ergeben. Ein Zunder aber hätte es innert Sekunden in einen Feuerball verwandelt. *Davor* hatte Therese Bär immer Angst gehabt, nicht vor einem Beil im Kopf.

Müller stellte sich in die Nähe der Polizisten, um ihr Gespräch mitzuverfolgen.

»Seltsam ist«, sagte Blaser, »dass man die beiden Hunde nicht gehört hat. Das wirft den Verdacht auf Bär, denn sonst müsste der Mörder im Haus ein- und ausgegangen sein und die Tiere gut gekannt haben.«

»Und das mitten in der Nacht«, wunderte sich Zaugg, der heute wieder mal schlecht rasiert war. »Hat denn jemand den Bär nach Hause begleitet?«

»Nicht dass ich wüsste«, antwortete Blaser. Dann zeigte er auf den Horizont, auf einen schroffen Berg.

Die Schrecknadel ist ein Felssolitär, der sich bedrohlich, aber zugleich schützend über der Wildenalp erhebt. 100 Meter nur, aber schroff abweisend und kaum zu bezwingen. Gerade deshalb zieht er die Extremkletterer an, für die ein kleiner, hübsch eingezäunter Friedhof am Fuß der Schrecknadelflue eingerichtet war.

Um die Schrecknadel ranken sich Gerüchte und Geschichten, Sagen und Ammenmärchen. Die älteste Überlieferung besagt, dass sich der Teufel, von einem schlauen Bauern hereingelegt, aus Wut in den Felsen verwandelt hatte. »Hol's der Teufel«, sagten denn auch die Leute, wenn wieder einer unten am Berg lag.

Der damals da lag, war aber kein Bergsteiger, sondern einer aus dem Dorf. Die Leute zogen ihre Kopfbedeckung aus, als sie seinen Namen hörten, und keiner sprach die alte Verwünschung aus.

»Erinnerst du dich an den Fall Röthlisberger Willy?«, fragte Blaser.

»Nur schwach. War das nicht der Senn, den man damals gefunden hat? Die Untersuchung wurde eingestellt, weil man davon ausging, eine Kuh habe ihn über die Fluh gestoßen.«

»Das ist richtig. Allerdings blieb damals schon ein gewisser Verdacht, der eher von menschlicher Nachhilfe ausging. Aber es ließ sich nichts beweisen. Ich fürchte, wir müssen auch diesen Fall wieder aufnehmen. Einer wie der Bär, der sich mit Tieren gut auskennt, hätte die Kühe in Angst und Schrecken versetzen können. Das ist damals niemandem in den Sinn gekommen.«

»Aber irgendetwas stimmt nicht«, mischte sich Müller ein. »Es ist, als ob die Dramaturgie durcheinander geraten wäre. Erst die Bäuerin, dann der Einwäger. So hätten wir unseren Schuldigen gehabt. Nun ist es aber genau umgekehrt. Wenn der Tod des Hans Bähler mit einem Ehestreit der beiden Bär in Zusammenhang stünde, dann hätte die Frau gewarnt sein müssen und sich nicht abschlachten lassen wie ein Vieh.«

»Der Spurenerkennungsdienst aus Bern muss noch seinen Rausch ausschlafen, aber der Herr Detektiv ist schon da«, seufzte Blaser, der Heinrich gestern in der Kneipe gesehen hatte.

»Gestatten, Müller Heinrich, Detektei *Aubois und Müller*«, sagte er zu Zaugg gewandt, »besser bekannt als Henry Miller.«

»Wie der amerikanische Pornoschriftsteller?«, fragte Blaser sarkastisch.

»Ja, genau.«

»Woher kennst du denn amerikanische Pornoschriftsteller?«, wunderte sich Zaugg.

»Das ist eine lange Geschichte«, sagte der Ältere. »Sie beginnt in den Siebzigerjahren in Bern. Dort habe ich meine Ausbildung gemacht, jung, unerfahren, leider mit kurzen Haaren.«

»Sonst wärst du bei den Hippies gelandet und nicht bei der Polizei.« Zaugg lachte.

»Aber die Jahre damals waren busenbetont. Die Mädchen sonnten sich halb nackt im *Marzili*«, Blasers Augen begannen in einem irritierenden Farbton zu leuchten, als er sich daran erinnerte. »Und ich saß mit offenem Mund daneben und hatte als kurz geschorener Polizeiaspirant keine Chance bei ihnen. Die Eidgenössisch-Demokratische Union, deine christlich-fundamentalistische Partei, hat sogar eine Initiative gegen das Oben-ohne-Baden lanciert, ist aber in der Abstimmung gescheitert.«

Der Junge erblasste, man wusste nicht, war es aus Schreck oder aus Erregung.

Müller seufzte und meinte: »Heute ist die Zeit arschbetont und niemand macht eine Initiative gegen Jennifer Lopez, Hüfthosen, Kleider von Miss Sixty, Strings oder Arschgeweih-Tattoos. Nicht einmal die EDU, weil man sie von hinten nicht beim Erröten erwischen kann.«

Zaugg versteifte sich und fragte knapp: »Was hat das mit unserem Fall zu tun?«

»Fünf Frauen«, antwortete Blaser, »haben damals mit entblößten Brüsten auf einem Plakat gegen die Initiative demonstriert. Es hing in allen Lokalen, in denen junge Leute verkehrten.«

»Erzähl nicht immer alte Geschichten«, ereiferte sich der jüngere Kollege.

»Vielleicht hallt da was nach. Therese Bär war eine der Frauen.«

Sie begaben sich nun zu dritt ins Haus, besichtigten einen Raum nach dem anderen, still angesichts der Tragik, ließen das Schlafzimmer aus und fanden sich in der Küche wieder, in die wegen der tief liegenden Fenster nur wenig Licht drang.

Hermann Blaser sagte als Erster wieder etwas zu Hans Zaugg: »Du erinnerst dich an den Profiling-Kurs, den wir vor ein paar Monaten besucht haben.«

Zaugg erwiderte: »Mit dem schicken jungen Mann aus München?«

»Schick ja, aber auch äußerst kompetent. Zwei klare Mordfälle in einer Woche und ein Verdacht in einem etwas älteren Fall. Was würde denn ein Profiler zu unserer Situation sagen?«

Der Jüngere meinte: »Der hätte einen schweren Stand. Profiler kommen eigentlich nur bei Serientätern ins Spiel, dann, wenn sie ein Handlungs-, Motiv- oder Ortsmuster erkennen können. Aber das weißt du ja bereits.«

»Macht nichts«, erwiderte Blaser. »Es hilft beim Denken, wenn ich mich an den Kurs erinnere. Vielleicht denkt der Detektiv ja mit.«

Zaugg sagte: »Die Taten weisen keine Ähnlichkeiten auf. Ich weiß nicht, ob der Spezialist außer den lokalen Gegebenheiten etwas feststellen könnte.«

»Das heißt, der Täter muss Ortskenntnisse haben?«, fragte Müller.

»Ja.«

»Das hätten wir auch ohne Profiler herausgefunden«, sagte Blaser.

»Das stimmt schon, hilft aber nicht viel weiter. Wenn du in einem solchen Fall verwertbare Spuren hast, kannst du die Holzhammermethode anwenden, nämlich das ganze Tal zum DNA-Test antreten lassen.«

»Dann hätten wir den Täter auf sicher, bei dem vielen Blut hier«, meinte der Ältere. »Aber Vorsicht, vor zwei Jahren ist schon einmal ein Screening gemacht und die Bevölkerung verdächtigt worden. Ein erneuter Test fände keine gute Aufnahme.«

»Das Blut ist sowieso mit zu vielen anderen Spuren verunreinigt«, entgegnete Zaugg.

»Ist denn jetzt der Zeitpunkt gekommen«, fragte Müller, »einen Profiler aus Deutschland oder Österreich beizuziehen? In der Schweiz gibt es ja keinen.«

»Das ist richtig«, sagte Blaser. »Wir haben glücklicherweise auch wenige Serientäter, sodass es keinen ständigen Profiler braucht. Die Berner allerdings haben seit dem Fall mit dem Messermörder gute Kenntnisse in diesem Bereich. Wir fordern nachher den Störfahnder Bernhard Spring an.«

Zaugg warf ein: »Lass uns aber zuerst überlegen. Welche Folgerungen ergeben sich für ein Täterprofil? Handelt der Täter kalkuliert, weil er abgelegene Orte wählt? Oder handelt er verzweifelt, weil er Tatorte nimmt, bei denen er auf der Flucht beobachtet werden kann?«

Blaser sagte: »Damit wir uns nicht verrennen, wollen wir die Gemeinsamkeiten festlegen. Wir sollten uns nicht nur auf einen Einzeltäter konzentrieren. Ich lasse den Sturz von der Schrecknadel vorläufig weg. Also. Erstens haben wir es bei beiden Taten mit einem Gewaltexzess zu tun.«

»Das würde auf Dominanz oder Rache als Motiv deuten«, sagte Zaugg.

»So weit gehen wir noch nicht. Für psychologische Motiverklärungen sind wir nicht ausgebildet. Zweitens: Das Vorgehen könnte unterschiedlicher nicht sein.«

»Drittens«, ergänzte Müller, »der Täter hinterlässt keine oder extrem viele Spuren.«

»Das heißt«, sagte Blaser, »der zweite Täter ist entweder in seinem Vorhaben gestört worden, zum Beispiel wollte er noch das Haus abbrennen ...«

»Dann zweifle ich an der Schuld von Ernst Bär«, wandte Zaugg ein.

»... oder wir haben es mit zwei verschiedenen Tätern zu tun«, schloss Blaser.

»Aufschlussreich fand ich die Ausführungen über das zu erwartende Verhalten«, sagte Zaugg. »Wenn der Verbrecher mit seinen Taten Erfolg hat, begeht er sie in immer kürzeren Abständen. Erhöht sich die Frequenz? Gerät er in Panik? Können wir einen weiteren Mord verhindern?«

Blaser gab zu bedenken: »Das ist bei zwei Vorfällen schwierig zu beurteilen. Es müssen ja nicht nur Morde oder Gewalttaten vorausgegangen sein. Lass uns mal die Akten daraufhin überprüfen, was im Kurzgraben in den letzten Jahren alles vorgefallen ist.«

»Etwas anderes hat mich nach dem Kurs sehr beschäftigt«, ergänzte Zaugg, und er wirkte verschreckt und müde, als er es sagte: »Es besteht ein Austausch zwischen dem Täter und dem Opfer. Der Täter nimmt etwas mit oder lässt etwas zurück. Die Opfer leisten mit ihrem Verhalten einen Beitrag zum Erfolg des Täters. Deswegen gibt es kein perfektes Verbrechen.«

Die Aussage des Polizisten wollte Heinrich Müller nicht aus dem Kopf. Er suchte den Beitrag der Opfer, aber dieser Gedankengang war so unwirklich, dass er nicht befreit denken konnte.

Samstag, 23.9.2006

Müller traf Werner Ramseier gegen Mittag auf der Bank vor dem Friedhof, dort, wo selbst vor dem letzten Gang der Grünabfall noch separat getrennt werden soll. Er hatte sein Auto auf dem Schulhausparkplatz stehen gelassen, da vor dem *Bären* alles besetzt war. Direkt neben dem Gotthelf-Denkmal bestaunte er die Kuhglockensammlung, die von der Veranda eines Bauernhauses hing und die ihm bei seinem Abendspaziergang nicht aufgefallen war. Der Geruch von sonnengeschwärztem Holz entströmte der Hauswand. Die Fenster im Parterre, hinter denen man zwei sauber gemachte Betten mit weißen Kissen sehen konnte, lagen nur noch knapp über Straßenniveau.

Ramseier zeigte mit seiner knochigen Hand auf die Autos vor dem *Bären* und sagte: »Am Samstag geht es normalerweise besser mit dem Parkieren. Da sind die meisten damit befasst, in langweilige Einkaufszentren zu fahren, und verbringen den Rest des Tages damit, den Müll zu sortieren, den sie eingekauft haben.«

»Und heute?«, fragte Müller.

»Ist alles anders wegen den Bärs oben auf der Wildegg.« Er sog an seiner Alt-Berner Pfeife, in der schon längst kein Tabak mehr brannte. Sie hing schief im Mund. Der direkt am Stiel montierte Kopf aus Bruyèreholz war abgewetzt, der aufpunzierte Enzian schwärzlich, die kurze Silberkette hing herunter. Plötzlich sagte der Alte bedeutungsschwanger: »Die Kuh säuft Grundwasser.«

Er hatte also doch die ganze Zeit zugehört gestern Abend. Nur verstand Müller wieder mal nichts von der Eingeborenensprache.

»Weißt du, Detektiv«, hob Ramseier seine Stimme, »am Stammtisch wird so manches geredet, wenn der Tag lang ist. Vor vielen Jahren haben wir uns einen Spaß daraus gemacht, neue Sprichwörter zu erfinden. ›Dem geht der Arsch auf Grundeis‹, solche Sprüche durften wir zu Hause nicht bringen, dann sind die Weiber zum Pfarrer gerannt, damals. Also haben wir umgedichtet.«

»Und was bedeutet nun der Spruch mit der Kuh?«, wollte Heiri endlich wissen.

Ramseier druckste herum. »Es ist halt so, dass man über die Toten nichts Schlechtes sagen soll. Der Bär Ernst hat hohe Schulden, du verstehst schon, keine Quelle mehr, die Geld gespuckt hätte, er musste das letzte Wasser abschöpfen. Sein Heimetli oben auf der Egg trägt nichts ab, knapp für den Eigenbedarf, und die meisten Kühe hat er verkauft, als der Milchvertrag gekündigt worden ist. In seinem Alter wollte er nicht mehr auf Mutterkuhhaltung umsteigen, die Mühe lohne sich nicht, meinte Ernst. Kurz bevor es zu Ende ging, hat er es noch mit Nachtmilch probiert.«

»Nachtmilch?«

»In der Nacht soll die Melatonin-Konzentration in der Milch besonders hoch sein. Sie kann dann sozusagen als Schlafmilch verkauft werden. Zu einem viel höheren Preis, versteht sich. Aber die Behörden haben das Anpreisen der gesundheitsfördernden Wirkung verboten. Widerspricht dem Arzneimittelgesetz.«

»Seine Frau wird wohl kaum damit zufrieden gewesen sein«, mutmaßte Müller.

»Getobt hat sie und mit dem Auszug gedroht. Aber so schön wie auf den Plakaten in Bern war sie halt auch nicht mehr. Jeder wird älter.«

»Woher kennen Sie denn das Plakat aus Bern?«

»Ja, Herr Detektiv, was meinst du, wie schnell sich so etwas in einem Tal wie dem der Kurzen herumspricht, wenn so ein sündiges Stadtweib einen Bauern heiratet. Alle haben's gewusst, alle haben's gesehen, das Plakat. Dafür hat Cousin Fritz auf der Wildenalp schon gesorgt. Therese war aber auch eine schöne Frau, klein, mit einem weichen Körper und vollen Brüsten, mit rotbraunem langem Haar, einem feinen Gesicht mit breiten Wangenknochen. Und Sommersprossen! Da hättest du dich glatt in sie verliebt. Noch heute hätte sie ihr Haar nicht färben brauchen, auch wenn sich die eine oder andere weiße Strähne hinein geschlichen hat. Therese war immer noch eine attraktive Frau, die Gesichtszüge elegant, aber ein wenig verhärmt. Sie wurde von manchem begehrt.«

»Deswegen hätte der Ernst aber seine Frau nicht umbringen müssen«, meinte Heinrich. »Und wenn schon, hätte er das Haus anzünden können, so besoffen war er nicht, dass er das nicht noch geschafft hätte. Zwei Fliegen mit einer Klappe: die Frau tot, das Haus weg, die Versicherung zahlt, man kann noch mal neu anfangen, weil kaum Spuren zu finden sind.«

»Jetzt fantasierst du aber«, brummelte der Weißhaarige. »Der Ernst ist kein Brandstifter – und ein Mörder sowieso nicht. Der hat seine Frau geliebt, falls man in der Stadt noch weiß, was Liebe ist.«

Die beiden schwiegen eine Weile, Werner Ramseiers Atem ging stoßweise und roch bereits stark nach billigem Schnaps.

»Keinen Durst?«, fragte er, nickte mit dem Kopf gegen den *Bären* und zerrte an seinen Hosenträgern.

»Sie sollten Ihr Geld lieber auf der Bank anlegen als im Wirtshaus«, sagte der Detektiv, »da kriegen Sie zwei Prozent.«

»Aber wieso denn«, erwiderte Ramseier, »beim Branntwein hab ich 40!«

»Nach dem Schrecken dort oben könnte ich auch ein Gläschen gebrauchen«, meinte Müller und lachte.

»Dann komm, gib mir einen aus. Und sag Werner zu mir.«

Als sie sich von der Bank erhoben, begannen die Glocken der Kirche zu läuten, erst die kleine, hellere, dann die beiden größeren. Kein besonders harmonischer Klang, aber laut genug, um das ganze Tal zu wecken.

»Früher«, sagte Ramseier, und *früher* war ein wichtiges Wort in seinem Denken, »hatte der Glockenschlag noch etwas zu bedeuten. Als noch nicht jeder eine Uhr hatte, gaben sie dem Tag eine Einteilung, die für alle gleich war, für die Reichen und die Armen, die Gläubigen und Ungläubigen: Aufstehen, Mittagessen, Schlafengehen. Wenn ein Kind geboren wurde, schlug die kleinere, helle Glocke für ein Mädchen, die größere, dunkle für einen Knaben. Und bei einem Todesfall hatte man eine eigene Melodie für Erwachsene und Kinder, ja selbst für getaufte und ungetaufte Kinder. Nur für die Selbstmörder läutete sie nicht.«

»Und für Therese Bär von der Wildegg, wie wird sie läuten?«, fragte Müller.

»Ach!« Unwirsch verwarf Ramseier die Hände. »Heute gehen die Traditionen verloren. Nicht nur das Schlagen der Kirchglocken. Auch von den althergebrachten Redensarten haben die Leute keine Ahnung mehr. Heutzutage streicheln die Menschen ihre Haustiere ausgiebiger als ihre Partner. Bei vielen dürfen sie auch mit ins Schlafzimmer.«

»Mein Kater darf aufs Bett. Eine nette Frau dürfte sogar unter die Decke.« Müller seufzte und fragte dann: »Was war sie denn für ein Mensch, die Therese?«

Ramseier brauchte nicht lang zu überlegen. »Sie war schön. Nicht nur schön im landläufigen Sinne, in ihrem Äußeren, sondern schön von innen heraus, in ihrer ganzen Haltung. Wem das Wort ›schön‹ nicht ausreicht, wer einen Superlativ braucht, füge ein ›huere‹ aus der Gassensprache hinzu, oder ein ›rüdä‹, wenn die Frau aus dem luzernischen Entlebuch stammt.«

»Aber von denen kommen nur wenige bis ins Emmental, obwohl es nur knappe zehn Kilometer von hier entfernt ist, hab ich gehört«, sagte Müller.

»Meine Frau kam von dort. Aus Wolhusen. Aber im Entlebuch, da hocken die Katholischen.

Ein Wunder, dass die beiden Talschaften im Bauernkrieg 1653 zusammengehalten haben!«

So unvermutet, wie Ramseiers Redseligkeit gekommen war, verschwand sie nun wieder, und als die beiden vor dem *Bären* standen, brummelte er vor sich hin: »Es war im Jahr des Herrn 1291 …«

Vor dem *Bären* stand Lilly, rauchte eine Zigarette und ließ ihren Blick so weit in die Ferne schweifen, wie es in diesem engen Tal nur möglich war. Immerhin weit genug, um Müller und Ramseier nicht zu bemerken, als sie an ihr vorbei die Gaststube betraten. Lilly träumte von besseren Zeiten. Die Erinnerung an die drei Tage Anfang der Neunzigerjahre, 15 Jahre alt war sie damals, als sie die ungekürte Königin der *Sichlete* war, der Emmentaler Variante des Erntedankfests, übermannte sie wieder einmal. Es waren die drei Tage in ihrem Leben, in denen das Schicksal ihr wohl gesinnt war, in denen sie der Mittelpunkt der Welt, in denen sie sich selbst sein durfte. Seit damals … ach, sie mochte nicht einmal darüber nachdenken. Im letzten Jahr allerdings hatte sie die vom gemeinnützigen Frauenverein ausgerufene ›Meisterschaft im Zergehenlassen von Schokolade im Mund‹ mit großem Vorsprung gewonnen. Mit Schaudern erinnerte sie sich daran, dass sie nach den ausgiebigen Trainingswochen eine Nummer größere Kleider hatte beschaffen müssen. Den zusätzlichen Schokoring hatte sie seither nicht wieder weggebracht. Lange hatte sie sich später gefragt, was sie zur Teilnahme an diesem Wettbewerb bewogen hatte. Aber dann gab sie sich einen Ruck, denn sonst *wisse man ja gar nicht, für was man auf der Welt sei, und was für ein Unterschied sei zwischen Mensch und Vieh*.

Drinnen ging es hoch her. Das Glockengeläut verstummte hinter dem Lärm der Bauern, der nur noch stärker wurde, als Müller mit Ramseier im Schlepptau eintrat und die Tür hinter sich zuzog. Die vergilbten Vorhänge schluckten mit dem Rauch der Zigarren auch das letzte Restchen Sonnenlicht.

Rudolf Graber winkte die beiden an den Stammtisch. Ramseier wiederholte stur seinen Satz.

Rüedu zog die Pfeife aus dem Mund, setzte sie auf Müller an und sagte: »Du hast schon längst gewusst, dass der Unfall von Housi Bähler kein Selbstmord war. Deswegen bist du seit Mittwoch hier. Und kein Wort hast du gesagt. Niemanden gewarnt, dass ein Mörder im Tal ist.«

Der Detektiv zuckte die Schultern. »Ihr hättet es mir doch nicht geglaubt. Was hättet ihr denn gemacht?«

»Meine Schwägerin geschützt!«, rief Fritz Bär, dessen neckischer Blick heute ziemlich stumpf war.

»Hättest den Ernst halt nicht saufen lassen dürfen wie eine verdurstende Kuh gestern Abend«, brummte Ulrich Graber.

»Jetzt soll ich auch noch Schuld sein!«, schrie Fritz.

»Wer sagt denn, dass Ernst seine Frau umgebracht hat?« Müller versuchte zu beruhigen.

»Na hör mal«, sagte einer vom Nebentisch, »mit dem blutigen Beil haben sie ihn gefunden. Abgeführt haben sie ihn.«

»Dann hätte er aber auch den Housi Bähler auf dem Gewissen«, sagte Müller, »und das leuchtet mir nicht ein.«

Diese Worte brachten die Leute auf andere Gedanken.

»Das alles wäre nicht passiert, wenn der Staat besser zu den Bauern schauen würde«, sagte einer.

»Das System ist korrupt«, meinte ein anderer. »Früher gab es die Schweizerische Käseunion, die allen Hartkäse des Landes aufkaufte und vermarktete, Emmentaler, Greyerzer, Sbrinz, mit klar definierten Kontingenten. Du wusstest am Anfang des Jahres, was du am Ende in der Kasse hattest. Dann kam die Liberalisierung. Jetzt kriegst du Direktzahlungen nach der Fläche des Betriebs. Wie soll da einer in der

Bergzone mithalten können, einer, der zehn Chueli sein eigen nennt auf 900 Metern Höhe?«

»Dann bringst du die Milch in die Käserei. Seit die aber den Emmentaler nicht mehr an *Moloko* verkaufen kann, zahlt sie immer weniger. Wo soll das noch enden?«, fragte ein anderer, aber die Frage war rhetorisch.

»Para-Grafen und andere Fürsten und Herren«, meinte ein Dritter.

»Dann wundert es einen, dass beim Tod des Einwägers nachgeholfen worden ist.« Dieser Einwand blieb ohne Erwiderung.

»Der Eichenberger müsste halt diversifizieren«, meinte wiederum der erste.

Dann ging es wild durcheinander.

»Verschiedene eigene Käsesorten herstellen, den Verkauf direkt an die Kundschaft organisieren, Wirtschaften mit hochwertigen Produkten beliefern.«

»Wer sagt denn, dass ein Käse immer rund sein muss? Quadratischen könnte er herstellen, passt besser auf das Toastbrot.«

»Dafür war er zu lange am Gängelband der Industrie. Der kann doch nicht mehr umdenken in seinem Alter.«

»Und investieren müsste er. Aber der Werner hat kein Geld, und woher soll die Genossenschaft welches nehmen?«

»Ich jedenfalls«, mischte sich nun Fritz Bär ins Gespräch, »mache in Zukunft meinen eigenen Alpkäse. Du konntest es lesen, sie haben wissenschaftlich bewiesen, dass Alpkäse Glückshormone enthält und die besonders gesunden Omega-3-Fettsäuren, die auch in den Fischen vorkommen. So was reißen sie dir in der Stadt aus der Hand. Dafür kannst du mehr verlangen als für normalen Käse. Ich würde ja Perlen vor die Säue werfen, wenn ich meine Alpmilch weiterhin in den großen Topf leeren würde.«

»Wir sind dann die Säue!«, brüllte einer beleidigt. »Pass auf, was du sagst, sonst bist du der Nächste.« Und er ballte die Fäuste.

Diese unbedachte Aussage bremste die aufkommende Wut. Man spürte allerseits, dass man nun doch einen Schritt zu weit gegangen war. Statt dass sich der Bauer für seine Drohgebärde entschuldigte, wandte er sich von Fritz Bär ab.

Müller begriff, dass hier tiefe Gräben vorhanden waren, nicht erst seit Bählers Tod. Sie waren nur seither mit Vehemenz aufgebrochen, wie wenn der Wunsch die Triebfeder weiteren Handelns wäre.

Fritz nahm unter dem Tisch einen in ein rotweißkariertes Küchentuch gewickelten kleinen Käselaib hervor, schlug ihn aus seiner Verpackung und legte ihn mitten auf den Tisch.

»Das ist die Versuchsserie«, sagte er und rief dann: »Heinz, ein Messer, eine Flasche Epesses und sechs Gläser.«

Hei, wie da der Wirt geflogen kam, man hätte glauben können, es wäre ein Engelein, wenn irgendwo geschrieben stünde, dass Engelein drei Zentner schwer würden und Rücken hätten wie Tennstore.

Fritz Bär gab jedem ein großes Stück vom Käse. Ein Aroma von karamellisierter Milch und heißen Sommertagen breitete sich im Mund aus.

Die Männer kauten bedächtig und langsam, damit sich der Geschmack richtig entfalten konnte.

Sie schwiegen im Chor.

Und sie verfielen in Gedanken.

Sie hielten ihre Gedanken für große Errungenschaften. Sie entstanden immer beim Wein in der Kneipe, es waren immer dieselben, die sie seit Jahren plagten. Aber sie konnten nicht ohne sie leben, sie liebkosten sie und hätten sie nicht einmal verraten, wenn sie mit einer Pistole – oder sagen wir mit einem Beil – bedroht worden wären. Eigentlich waren diese Gedanken altbekannt, aber da man selten aus dem Tal herauskam, hielt man sie für originell. Das berechtigte dazu, sich als Entdecker, als Geheimnisträger zu fühlen. Darauf beruhte ihre gesamte Existenz.

Dass Abstraktionen und Verallgemeinerungen zugleich eine geistige Einschränkung bedeuteten, das wusste keiner. Je allgemeiner eine Aussage wurde, desto weniger stimmte sie. Zu einer gedanklichen Katastrophe wurde sie, wenn sie für alle Elemente einer Behauptung gültig sein sollte, für Männer oder Frauen, für Völker oder die Menschheit als Ganzes, für Verhalten oder Meinungen. Dann dachte keiner mehr darüber nach, wo die Sache ihren Ursprung hatte. Manchmal wurde ein Sprichwort daraus. *Morgenstund hat Gold im Mund* beispielsweise.

Müller kannte einige Tage, da hatte der Morgen bestenfalls alte Plomben und fleckige Zähne im Rachen.

Samstag, 23.9.2006

Nach dem Mittagessen begab sich Müller noch einmal zu Fuß in Richtung Wildenalp, zur Spurensuche, wie er sich selber einredete. Aber es gab nichts zu suchen, jedenfalls nichts, was ihn der Lösung des Falles näher gebracht hätte. Der beste Weg beim Wandern, dachte er, ist der Weg nach oben. Nun kamen ihm Zweifel: regelmäßig begegneten ihm Einzelpersonen, Gruppen, ja sogar Familien, grüßten zurückhaltend und gingen eilenden Schrittes weiter, während Müller sich ständig den Schweiß aus den Augen wischte. Dabei müsste er bei seinem gemächlichen Tempo laufend von kräftigen Bergbauern überholt werden. Aber nichts Derartiges geschah. Alle eilten ihm mit einem Ziel entgegen, das ihm als Einzigem unbekannt schien.

Endlich blieb einer stehen: Fritz Bär, der Gesprächigste unter den Berglern. Er trug eine schlaffe Faserpelzjacke im muffigen Grün hilfloser Weihnachtsbäume am siebten Januar.

»Was rennt ihr alle ins Tal hinunter?«, fragte der Detektiv.

»Hast du es noch nicht gehört? Der Mörder hat versucht, mit der Polizei in Kontakt zu treten. Vielleicht erzählen dir die beiden Polizisten mehr. Dein Geld bist du offenbar nicht wert.« Damit entfernte er sich.

Müller schüttelte den Kopf. Dann hielt er auf Blaser und Zaugg zu, die ihm nun ebenfalls entgegenkamen.

»Na, hat man der Polizei das Auto gestohlen?«, versuchte er zu scherzen, aber die übermüdeten Blicke der Polizisten brachten ihn zum Verstummen.

»Die sind oben noch nicht fertig mit der Spurensicherung«, sagte Zaugg, »also haben wir uns schon mal auf den Weg gemacht.«

Der Tritt der beiden war kürzer und bedächtiger, also schloss sich Müller ihnen an.

»Der Täter soll Kontakt gesucht haben?« Es war eher eine Feststellung als eine Frage.

»Na ja, so klar ist die Sache nicht. Es hat jemand in Bern angerufen und gesagt, er wisse etwas über die beiden Morde.«

»Was ist daran unklar?«, hakte Müller nach.

Blaser setzte ihm die Lage auseinander. »Offenbar wollte jemand die Polizei benachrichtigen, ohne Hinweise auf seine Identität zu hinterlassen.«

»Das könnte auch bedeuten, dass jemand Spuren bewusst setzen will, um die Untersuchung in eine bestimmte Richtung zu lenken«, gab der Detektiv zu bedenken. »Wie ist es denn abgelaufen?«

»Genaueres wissen wir noch nicht. Aber es ist klar, dass uns der Mörder nicht einfach einen Brief schreiben kann, höchstens an einem nicht identifizierbaren Computer. Aber wenn der Verdacht auf ihn fällt, die Spurensuche eingegrenzt werden kann, wird man das Schriftbild seinem Drucker zuordnen können oder untersuchen, welche anderen Geräte er benutzt haben könnte.«

»Dasselbe gilt für E-Mail«, ergänzte Zaugg. »Man hinterlässt überall elektronische Spuren, auch bei einem falschen externen Mail-Konto. Direkte Telefonanrufe, selbst bei verstellter Stimme, fallen aus. Das macht den Mörder nervös, da er seinen Plan nicht umsetzen kann. Dann verfällt er auf die Idee, aus einer Telefonzelle in der Stadt eine ältere Dame anzurufen, die bestimmt kein Aufzeichnungsgerät an ihrem Apparat hat, und ihr zu diktieren, was sie der Polizei sagen soll. Aber die Polizei wird den Anruf zurückverfolgen und herausfinden, aus welcher Telefonzelle er getätigt worden ist. Dann gibt es bestimmt irgendwo in der Nähe eine Überwachungskamera, die ihn beim Kommen oder Gehen gefilmt hat.«

»Der perfekte Überwachungsstaat«, wandte Müller ein. »Weshalb habt ihr den Täter nicht schon längst erwischt?«

Blaser verwarf die Hände. »Besagte Dame hat über eine Stunde lang mit sich gerungen, ob sie den ›obszönen Anruf‹, wie sie es nannte, wirklich weiterleiten sollte. Dann ist der Aufnahmezyklus je nach Kamera bereits abgelaufen.«

»Was hat er denn gesagt«, wollte Heinrich wissen.

»›Schaut euch auf dem Dachboden um, da findet ihr ein paar Bilder, die alles erklären.‹ Welcher Art die Bilder sein sollten, hat uns die Dame nicht verraten, sie würde sonst vor Scham erröten.«

»Und? Etwas gefunden?«

»Zwei Videokassetten, auf denen man mit großer Hingabe für unscharfe Bilder und viel Vorstellungsvermögen eine nackte Frau, wohl Therese Bär, mit einem Mann sehen kann, offenbar mit sehr versteckter Kamera beim Liebesakt gefilmt.«

»Wer ist der Mann?«, fragte Müller.

»Nicht zu erkennen, man sieht ihn nur von hinten. Kräftige Waden, ein strammes Gesäß, ein nass geschwitzter Rücken. Therese Bärs Kopf kommt einmal kurz ins Bild. Eine schöne junge Frau.«

»Das heißt, die Videos sind mindestens 20 Jahre alt«, schloss der Detektiv.

»Richtig. Kaum ein Motiv für einen Mord in der gestrigen Nacht.«

»Jetzt müsst ihr mir nur noch eines erklären: Weshalb beeilen sich die Leute alle, ins Tal zu kommen?«

»Die Berner Kantonspolizei hat angeordnet, dass alle Männer im Kurzgraben einem DNA-Screening unterzogen werden, nachdem man auf dem Stiel der Axt Blut einer Blutgruppe festgestellt hat, die weder von Therese noch von Ernst stammt. Das ganze Tal will gegen die neuerliche Untersuchung, die morgen beginnen soll, protestieren.«

»Erinnerst du dich an den Kinderschänderfall vor ein paar Jahren?«, fragte Zaugg.

»Warst du damals schon bei der Polizei?«

»Noch in der Ausbildung.«

»Du meinst«, erwiderte Blaser, »als wir schon einmal alle Männer aus dem Graben getestet haben?«

»Genau den. Und dann war's der leibliche Vater.«

»Was soll das jetzt nützen?«

»Wir müssten Zugriff auf die Daten haben«, meinte Zaugg.

»Die wurden alle gelöscht, als das Verfahren abgeschlossen war«, sagte Blaser.

Zaugg lachte. »Du glaubst doch nicht allen Ernstes daran, die Polizei würde Ermittlungsdaten vernichten, die sie einmal unter großen Mühen und mit staatlichen Geldern erarbeitet hat.«

Blaser schwieg.

Zaugg ergänzte: »Es gab ein Problem damals. Einer der Bauern hat sich der Analyse durch Flucht entzogen. Du weißt bestimmt, welcher.«

Blaser nickte.

»Der Wildeggbauer. Ernst Bär.« Müller sagte es wie eine Bestätigung, dass er damals dabei gewesen war.

»Genau. Er war's ja dann auch nicht«, sagte Blaser.

»Nein.« Zaugg schnaubte. »Aber er wird etwas anderes zu verbergen gehabt haben, das uns heute von Nutzen sein könnte.«

»Damit dürftet ihr nun die geringsten Probleme haben. Der sitzt doch in Untersuchungshaft«, meinte Müller. »Aber an etwas anderes habt ihr nicht gedacht.«

Zaugg lachte. »Jetzt ist der Detektiv aus Bern gescheiter als die Polizei. Woran denn?«

»Wenn wir es mit einer Täterin zu tun haben, macht ihr die teuren Tests vergeblich.«

Inzwischen waren die drei vor dem *Bären* angekommen, wo sie schon von einer beträchtlichen Menschenmenge erwartet wurden.

»He, Detektiv!«, schrie einer. »Dir haben wir diesen Test zu verdanken. Zum zweiten Mal in wenigen Jahren wird das ganze Tal verdächtigt. Mach bloß, dass du schnell Leine ziehst, sonst lernst du den Kurzgraben von seiner unangenehmen Seite kennen!«

»Leute, beruhigt euch bitte«, sagte Blaser mit seinem dröhnenden Bass, der ihm den notwendigen Respekt eintrug. »Wer nichts zu verbergen hat, wird durch die Tests entlastet.«

»Wir entlasten uns gerne selbst, dafür brauchen wir keine Tests!«, rief ein anderer.

Müller sah ein, dass es der richtige Moment für einen Rückzug war. Er schlich zum Hintereingang des Hotels, holte seine Sachen und verschwand in Richtung Auto, das – wie er nun bemerkte – bereits zerkratzt worden war.

»Du hast die Therese auf dem Gewissen!«, schrie der Käser, als Müller in seinen Opel einstieg. »Ohne deine Anwesenheit wäre der Ernst nie so sehr unter Druck geraten.«

Zaugg brüllte in die Menge: »Jetzt seid mal ruhig. Wir müssen die Tests machen, weil wir noch mehr Blut auf dem Beil gefunden haben. Vielleicht war's gar nicht der Ernst.«

Nun ging der Tumult erst recht los.

Blaser hielt den Detektiv an und stieg zu ihm in den Wagen, ließ das Seitenfenster herunter und verscheuchte die Leute beim Wegfahren.

Als sie Richtung Kurzschachen unterwegs waren, sagte Blaser: »Ich muss dir etwas erzählen. Vielleicht kannst du in Bern zusätzliche Informationen besorgen. Es stimmt nicht, dass die älteren Testergebnisse aufbewahrt worden sind.«

»Aber man hat sie auch nicht gelöscht«, sagte Müller.

»Nein. Es ist viel schlimmer. Sie sind von Leuten gestohlen worden, die sich als Ahnenforscher der Mormonen ausgaben. Man hat sie ihnen zur Verfügung gestellt. Sie wissen ja, welche Marotte die ›Heiligen der letzten Tage‹ haben. Sie erstellen Listen von Verstorbenen, taufen sie im Nachhinein und machen sie so zu Mitgliedern ihrer Kirche.«

»Welchen Nutzen aber hätten die Mormonen von DNA-Screenings?«

»Keine Ahnung. Jedenfalls sind die Daten nicht wieder aufgetaucht. Deshalb müssen wir neu testen. Aber du hast natürlich recht, die Frauen müssten auch dabei sein.«

Müller drehte am Radioknopf. Zeit für die Vieruhrnachrichten. Der erneute Mord in Kurzenau erregte die Aufmerksamkeit der Öffentlichkeit. Aber auch die DNA-Tests gaben zu reden. Die SVP erklärte, sie kämpfe zwar entschlossen gegen die Kriminalität, aber die Emmentaler Bauernsame sei gesund und werde bereits durch den Subventionsabbau in der Milchwirtschaft stark benachteiligt. Da sei das Screening eines ganzen Tals das falsche Signal an die Landbevölkerung. Die SP gab dem Druck der Parteifrauen nach und begrüßte die

Absicht der Polizei, die Untersuchung auf Männer einzugrenzen, da von ihnen nachweislich ein viel größeres Gewaltpotenzial ausgehe, besonders in einer Gegend mit gefestigten familiären Strukturen. Die FDP als liberale Partei stellte sich gegen flächendeckende Maßnahmen und wollte nur Verdächtige untersuchen lassen. Die Meinung anderer Parteien war nicht gefragt. *Ämmitaler Ruschtig* überlegte sich, welche Produkte beim vorgesehenen Großanlass angeboten werden könnten, und *Pro Emmental* setzte für die Dauer der Ermittlungen die eben gestartete Werbekampagne aus.

Hätte man die Blindstellen aller Parteistrategen, Interessenvertreter und Bedenkenträger berücksichtigt, wären am Schluss nur noch zwei Gruppen ohne Lobby zum Screening angetreten: ein paar Tamilen aus der nahe gelegenen Biscuitfabrik und einige meist über 80-jährige Knechte aus dem Dienstbotenheim Oeschberg.

Samstag, 23.9.2006

Heinrich Müller hatte den Kantonspolizisten Hermann Blaser kurz vor Ladenschluss in Lützelflüh abgesetzt und war nach Bern weitergefahren. Die Wolkendecke hatte sich geschlossen und die Temperatur war empfindlich gesunken. Der Detektiv stellte sein Auto auf einen blauen Parkplatz im Quartier, für den er eine Monatskarte gelöst hatte. Als er ausstieg, fröstelte ihn wegen der Bise, die aufgekommen war. Trotzdem blieb er stehen und beobachtete eine kleine Frau um die 30 mit geflochtenen Haaren, die eben eine Plastiktüte voller Abfall mit nur schlecht versteckter Wut in einen offenen Eimer geschmissen hatte. Sie schlenderte zurück nach Hause, 200 Meter gegen den Wind, der ihren Bademantel bauschte, auf dem Kopf eine Wollmütze, unter der hervor strähnige Haare über den speckigen Kragen fielen. Da sah er sie gehen, barfuß in Sandalen, nur um den Müll gebührenfrei zu entsorgen.

Kaum war die Frau in einem unscheinbaren Wohnblock verschwunden, stieg aus einem eben eingeparkten Offroader ein Mann in Winterjacke aus und begab sich um den Wagen herum zum Kofferraum. Er trug eine lächerlich hellbraune kurze Hose, eher ein Pyjamateil als ein Beinkleid, war um die Knie herum nackt, während die Unterschenkel in Wollsocken und die Füße in Sportschuhen steckten.

Wahrlich eine hitzige Bevölkerung, nur nicht, was ihre Leidenschaften angeht!

Es gibt auf Erden nicht bloß melancholische Menschen, es gibt auch melancholisches Wetter, und zwar zu allen Jahreszeiten. Umso hässlicher stechen dann die Tage ab, und umso melancholischer sind sie, an welchen grauschwarzes Gewölke am Himmel hängt, wüste, unheimliche Bysennebel und ein saurer Wind über die Erde streicht, sauer und frostig die ganze Luft ist und sauer und frostig jedes Menschen Gesicht, jedes Gesicht der Abdruck eines Gemütes, das mit nichts zufrieden ist …

Heinrich schloss die Tür zur Detektei *Aubois und Müller* auf, die zugleich auch seine Wohnungstür war. Der satte Geruch des Katzenklos war durch die kühle Abendluft etwas ausgeräumt, aber da noch nicht geheizt wurde, blieb es in den Zimmern kalt, auch nachdem der Detektiv die Kippfenster geschlossen hatte. Baron Biber würde an der Scheibe kratzen müssen, so er geruhte, an diesem Abend nach Hause zu kommen.

Müller entfachte die Gasflamme im Backofen und ließ die Tür offen, um doch etwas Wärme zu erzeugen. Dann begab er sich ins Badezimmer, wo ein Brotbackgerät stand, das er nun mit Wasser und Mehl fütterte und so programmierte, dass es am Morgen nach frischem Brot duften würde. Dann startete er den Computer, lud die E-Mails herunter und öffnete gleichzeitig die Post, die neben Briefen von Hilfsorganisationen und solchen mit religiösen Traktaten nicht viel enthielt.

Auf dem Mailserver hingegen waren drei Dutzend Meldungen gespeichert, unter anderem eine Dokumentation der Versicherung, die die Angaben über den Autounfall ergänzte, jedoch keine neuen Erkenntnisse enthielt. Dann öffnete er die restlichen Mails der Reihe nach. Beim dritten las er: »Hör mal, mein Freund, du sprichst hier große Worte aus kleinem Munde, einfach wie ein Arschloch, hast Du schon einmal einen Mörder gesehen? Oder worüber sprichst du überhaupt, du Sauhund? Deine Antwort ist eine Gotteslästerung. Ich sage dir, lese Paulus, mein Freund, oder Gott soll über dich herfallen, dass nichts von dir übrig bleibt, du Schmalspurdetektiv.« Unterzeichnet war das Mail mit ›b.eich‹, was sehr schnell auf den Sohn des Käsers schließen ließ. Nun erschrak Heinrich zwar über die Heftigkeit der Drohung, aber gleichzeitig verstand er nicht, weshalb der Absender seine Identität nicht verborgen hatte.

Dann entdeckte er noch zwei weitere Mails mit demselben Absender und ähnlich kruden Vorwürfen. In einem war eine Bibelstelle zitiert, aber nicht Paulus, sondern Richter 9, Vers 13-14: »Da sprachen alle Bäume zum Dornbusch: Komm du und sei unser König! Und der Dornbusch sprach zu den Bäumen: Ist's wahr, dass ihr mich zum König über euch salben wollt, so kommt und bergt euch in meinem Schatten; wenn nicht, so gehe Feuer vom Dornbusch aus und verzehre die Zedern Libanons.« Eine Erläuterung war allerdings nicht mitgegeben. Müller aber erinnerte sich an Moses, dem der Engel des Herrn erschien »in einer feurigen Flamme aus dem Dornbusch. Und er sah, dass der Busch im Feuer brannte und doch nicht verzehrt wurde.«

Offenbar geblendet vom Alpenglühen hielt sich der Sohn des Käsers für einen neuen Mose, der vor dem brennenden Dornbusch stand und Gottes Gebote in Empfang nahm. Nur, welches Volk er retten wollte, das wusste der Detektiv nicht zu sagen. Die Kurzenauer jedenfalls bedurften keiner Ermahnung vor biblischen Plagen, es sei denn, der Absender der E-Mails sei selber dafür verantwortlich. Daran mochte Müller nicht glauben, zu plump waren die Botschaften. Und zum Lesen von ›Paulus‹ – was immer damit gemeint war – konnte er sich auch nicht durchringen.

›Was bringt die Zukunft?‹, fragte eine Broschüre, die in der Post lag, und weiter: ›Es gibt eine Antwort auf all die Fragen und die Ungewissheit, die unsere Welt erfüllen. Die Schlagzeilen von morgen wurden ebenfalls vorhergesagt. In der Offenbarung, dem letzten Buch der Bibel, ist davon die Rede.‹

Müller seufzte und erinnerte sich an einen der wenigen Witze, die er sich hatte merken können, den er nun aber in die Stille seiner Wohnung an den imaginären Absender sagte: ›Was meinst du als Unbeteiligter zum Thema Intelligenz?‹

Das Lachen des Detektivs hallte noch von den Wänden, als der Kater vor dem Fenster auftauchte und ein klägliches Maunzen von sich gab.

Müller ließ ihn ins Wohnzimmer, dann holte er Papier und Bleistift und schrieb die Titel von drei neuen Listen auf, die er bei Gelegenheit ergänzen musste: Die zwölf schönsten Monate; die sieben heißesten Todsünden; die zehn besten Gebote. Dann notierte er sich das elfte Gebot: Bastle keine Verschwörungstheorien! Gleichzeitig wurde ihm bewusst, dass dies eines der am häufigsten übertretenen war und es deshalb wohl auf Moses Gesetzestafeln keinen Platz mehr gefunden hatte.

Schließlich studierte Heinrich die Presseberichte der letzten Tage, erkannte aber auch darin keinen roten Faden oder irgendeinen Hinweis, den er nicht schon selber gefunden hätte. Vor allem war von Therese Bärs Berner Vergangenheit keine Rede, was ihn doch ein wenig wunderte.

Auf der anderen Seite konnte er von den Journalisten, die nicht über alle Informationen verfügten, keine Wunder erwarten. Die schwierigste Frage war diejenige nach einem Motiv für die Taten. Und darauf hatte auch er keine Antwort.

Er hatte es nun mit vier Toten zu tun, von denen er nicht wusste, ob sie alle eines unnatürlichen Todes gestorben waren und ob zwischen ihnen eine Verbindung bestand oder nicht. Da war – in zeitlicher Reihenfolge – zuerst einmal die Frau von Werner Ramseier. Das Sterbedatum lag wohl schon zu weit zurück, außerdem waren damals keine Verdachtsmomente aufgekommen, es hatte also auch keine Untersuchung stattgefunden. Stutzig machte nur die Tatsache, dass der alte Bauer seither wie verwandelt durchs Leben ging.

Dann der Tote unter dem Felsabsturz der Schrecknadel, der von seinen Kühen in den Abgrund gestoßen worden war. Auch hier keine Verdachtsmomente, aber im Nachhinein erstaunlich, dass es darüber kein umfangreiches Dossier gab. Ernst Bär galt als Hauptverdächtiger, genau wie beim Mord an seiner Frau, also lag ein Zusammenhang auf der Hand. Aber wie stand es mit Housi Bähler, dem Einwäger von *Moloko*?

Auf diese Fragen gaben die biblischen Fanatiker keine Antwort, und auch die Offenbarung würde nichts über die Zusammenhänge der vorliegenden Taten berichten. Da brauchte es das Gehirn von Heinrich Müller und auch ein wenig die Intuition seines Katers Baron Biber.

Ernst Bär, Beat Eichenberger, Werner Ramseier, Leute, die sich durch eigene Aussagen tatverdächtig gemacht hatten. Aber wer kam sonst in Frage? Der Käser? Der Wirt mit seinem Siebzigerjahre-Schmuddelsex-Tick? Der Bauer von der Wildenalp? Durfte er einfach alle Frauen außer Acht lassen? Müller war keinen Schritt weiter, wenn er ehrlich mit sich blieb. Und auch sein berüchtigtes umgekehrt analytisches Denken ließ ihn heute im Stich. *Es weiß kein Mensch, wie lange du mit deinen Storzen machen würdest, käulest ja an einem Brotrauft vom Neu bis zum Wedel.*

Heinrich Müller ging noch einmal aus dem Haus. Eigentlich trieb es ihn in die Altstadt von Bern, in eine Kneipe, die in den Siebzigerjahren sein zweites Zuhause gewesen war. Manche sagten, sein erstes.

Sowohl das Äußere des Lokals wie auch das Interieur waren unverändert. *Café des Pyrénées*, genannt *Pyri*. Leicht unter dem Straßenniveau lag der Eingang zwischen zwei großen Fenstern, die von dunklem Holz eingefasst wurden. Da drin saßen sie, am selben Tisch wie vor 30 Jahren. Als ersten erkannte er Kröte. Dann Fredu, Jimmy und Christina, hinter Rauchschwaden vor dem Bier sitzend. Still und unbewegt.

Zuerst hob Kröte seinen Kopf und winkte Henry an den Tisch, als ob er am vorherigen Abend erst weggegangen wäre. Kröte hatte schon immer Kröte geheißen, so sehr Kröte, dass keiner mehr seinen wirklichen Namen kannte. Ein ehemaliger Linksaktivist, zu jung für 68, zu alt für die Achtziger-Bewegung, ein Leben lang zwischen Stuhl und Bank. Auf dem Wahlplakat der Grünen Partei hatte Heinrich ihn einmal gesehen, aber erst auf den zweiten Blick erkannt. Kröte war dann tatsächlich in den Stadtrat gewählt worden, wo er seine Freizeit seit zwanzig Jahren als Hinterbänkler verbrachte. Irgendwie hatte er sich verändert, das Haar schütter, den einen oder andern Joint zu viel.

»Setz dich«, sagte Kröte. »Lange nicht gesehen. Immer noch bei der Polizei?«

Ein kaum wahrnehmbarer Schreck durchzuckte die andern.

Henry lachte. »Du bist nicht auf dem Laufenden. Privater Ermittler, seit du im städtischen Parlament sitzt.«

Darauf wird die Runde munter. Endlich eine Gelegenheit, die alten Geschichten wieder mal zu erzählen, diejenigen, die keiner mehr hören will. Aber Henry kennt sie noch nicht, und er bezahlt bestimmt eine Runde.

Das heißt, Henry kennt die Ereignisse schon. Aber er kennt sie im Original, er war ja mit dabei. Er kennt aber nicht die durch die Jahrzehnte stillen Vergessens geläuterte Version. Er kennt nicht den Selbstbetrug, er kennt nicht die Beschönigung. Eigentlich waren die Geschichten weder spektakulär noch glamourös, sondern stinklangweilig.

Aber schön!

Zum Glück war der Mensch auf Verklärung angelegt, sonst wäre die Erinnerung an die Jugend unerträglich.

»Erzähl noch mal die Story vom Nacktplakat, mit dem ihr gegen die christlichen Fundamentalisten angetreten seid«, bat Henry und fügte an, »du warst doch dabei, Christina.«

»Darüber macht man keine Witze«, antwortete die Angesprochene beinahe etwas böse.

Dann räusperte sich Fredu und sagte, nachdem er sein Glas geleert und ein frisches Bier bestellt hatte: »Du willst etwas über Therese Waber wissen. Die ins Emmental geheiratet hat, damals. Ich kenne ihren neuen Namen nicht. Sie war nämlich in den letzten Wochen öfter mal hier, hat von ihrem Leben erzählt, von enttäuschten Hoffnungen und von alten Wunden, die wieder aufgebrochen sind.«

Plötzlich wusste jeder etwas beizutragen.

»Eines Abends war doch dieses Mädchen mit seinem Freund da, einem seltsamen Kerl, etwas unheimlich. Als Therese unerwartet auftauchte, sind die beiden so schnell abgehauen, dass sie nicht mal die Zeche bezahlt haben.«

Henry blieb aufmerksam. »Wie sahen sie denn aus?«

»Wie junge Leute eben aussehen. Er wirkte ungepflegt mit seinen strähnigen blonden Haaren ...«

»... und dem irren Blick.«

»Sie passten nicht ins *Pyri*.«

»Die waren auf der Suche nach Drogen.«

»Redet nicht um den heißen Brei herum«, sagte Kröte. »Es war jenes Mädchen, das man mit einer Überdosis auf der Großen Schanze gefunden hat. Es gab ein Foto in der Zeitung. Sie hatte keine Ausweise bei sich.«

»Warum macht ihr daraus ein so großes Geheimnis?«, fragte Henry. Denn bei dem Jungen musste es sich um Beat Eichenberger handeln. Aber Therese Bär war wohl eher wegen dem Mädchen hier, dessen Identität immer noch unklar war.

»Weißt du«, sagte Christina, der das Älterwerden nicht gut bekommen war, »Aschi hat sie gekannt. Er hat aber die Polizei nicht informiert.«

»Und wo ist er jetzt?«, wunderte sich Henry.

»Seitdem traut er sich nicht mehr her, weil er weiß, dass sie kurz danach im Spital gestorben ist. Er hat gemeint, die Waber sei auf der Suche nach den beiden. Er wolle hier keine alten Geschichten aus der Dunkelheit scheuchen.«

Fredu ereiferte sich: »Bloß, weil er immer wieder behauptet, er habe die Therese mal flachgelegt. Der Schwätzer. Die hat ihn so wenig an sich rangelassen wie uns alle.«

»Nur diesen Bauern da. Auf den war sie ganz wild«, ergänzte Kröte, und ein wenig Neid war aus seiner Stimme zu hören.

Spät in der Nacht stellte er Baron Biber einen Teller mit verdünntem Kaffeerahm hin und beobachtete, wie er sich – im Bewusstsein seiner konkurrenzlosen Sicherheit – in einer kreisförmigen Bewegung der Futterschale näherte und erst nach zwei Umrundungen und ausführlichem Riechen von der Köstlichkeit Besitz ergriff.

Da klickte es in seinem Gehirn. Er musste so bald wie möglich mit Nicole darüber sprechen. Wer könnte ein Interesse daran haben, wie die Katze um den heißen Brei zu streichen, aber selber dabei nicht in Erscheinung zu treten? Wer konnte geschickt Verdächtigungen platzieren, andere Personen vorschieben und selber im Hintergrund agieren? Müller musste das fallweise Denken über den Haufen werfen und davon ausgehen, dass alle vier Todesfälle eng miteinander verstrickt waren. Nur so würde er der Lösung einen Schritt näher kommen.

Samstagnacht, 23.9.2006

Das dritte Opfer starb schnell und leise, unbemerkt von der aufgeschreckten Öffentlichkeit. Es war der Gemeindeschreiber Jürg Fankhauser, der in seinem Kummer über die derart schnell abnehmende Zahl der Gemeindemitglieder zu viel Bätziwasser zu sich genommen hatte und auf dem Heimweg vom *Löwen* bei der oberen Dorfbrücke in die Kurzen gestürzt war.

Inzwischen glaubte niemand mehr an einen Unfall oder einen unglücklichen Umstand. Sofort war von Mord die Rede, und man wünschte sich den Detektiv zurück, den man erst am vorherigen Nachmittag zum Teufel gejagt hatte. Bald ging auch das Gerücht, die beiden früheren Todesfälle hingen mit der Sache Fankhauser zusammen. Denn der Wildeggbauer konnte keine Schuld haben. Er saß ja im Untersuchungsgefängnis. Also bewegte sich ein Mörder frei im Kurzgraben. Mehr Unruhe hätte man nicht ins Dorf bringen können.

Aber der Reihe nach: Im *Löwen* erinnerte man sich daran, dass der Jürg spätabends in die Wirtschaft gekommen war, sich auf die Ofenbank gesetzt hatte und dem Wirt sagte, er solle die Bätziflasche gleich stehen lassen. Er, der Gemeindeschreiber, müsse sich etwas Mut antrinken.

Die anderen Gäste hatten gelacht und dachten an die dorfbekannten Auseinandersetzungen mit seiner Frau, die ausgerechnet auch Therese hieß, was dem guten Manne offensichtlich schlecht bekommen war. So gab es dem ›Mut antrinken‹ nichts beizufügen, da ja inzwischen jeder den Ernst Bär für einen Mörder hielt.

Gegen Mitternacht dann – die anderen hatten sich bereits auf den Heimweg gemacht – verließ Jürg Fankhauser als letzter den *Löwen*. Keiner sah ihn auf seinem Weg in den Tod. Er musste erst an der Kurzen entlang gegangen sein, um nach knapp 100 Metern den Weg nach links über die gedeckte Holzbrücke zu nehmen. In den Häusern, die er passierte, schliefen schon alle, jedenfalls war die Straße dunkel, als der Wirt kurze Zeit später den selben Weg abschritt, weil er beim Friedhof noch etwas zu erledigen hatte, wie er später aussagte. Denn Wirte wohnen üblicherweise in den oberen Stockwerken des Betriebs. Aber der *Löwen*-Wirt war bekannt dafür, dass er nach Feierabend eine halbe Stunde spazieren ging, um den Rauch der Stumpen aus den Lungen zu pusten, wie er jeweils betonte, wenn ihm doch jemand begegnete. Dass ihn dabei immer ein

Kessel voller Schlacht- und Restaurantabfälle sozusagen begleitete, davon wollte er keine Kenntnis haben. Auch nicht, dass diese Abfälle immer wieder in der Kurzen – oder, wenn ihn jemand beobachtete – in der für Grünabfälle gedachten Bretterlade beim Friedhof verschwanden, das sagten ihm nur böse Zungen nach. Allerdings hatte die Anzahl der Ratten am Ufer des Flüsschens in den letzten Monaten rasant zugenommen, ja, die unliebsamen Tiere waren zu einer richtigen Plage geworden. Und was der *Löwen*-Wirt in seinen Nacht-und-Nebel-Aktionen entsorgte, wurde zum Auslöser einer Überpopulation der Nagetiere, deren nicht einmal mehr die Katzen Herr wurden, so sehr waren sie des sauren Fleischs der Ekeltiere überdrüssig geworden. So erhielt denn mehr als eine Speisekammer unwillkommenen Besuch, und mehr als eine Speckseite war bis auf die Knochen abgenagt.

Als der *Löwen*-Wirt nun auf die Holzbrücke trat, fiel ihm gleich auf, dass eine der Planken – von denen ja bereits einzelne lose hingen – durchgebrochen war. Er dachte sich weiter nichts dabei, leerte sein Eimerchen in die trägen Fluten der Kurzen, stützte sich am Boden in etwas Klebrigem ab, und als er wieder aufstand, bemerkte er, dass es Blut war. Es war aber nicht sein eigenes. Schnell verließ er den ungastlichen Ort und trabte nach Hause zurück, von wo er sich nicht mehr wegtraute, bis er am nächsten Morgen die Schreckensnachricht hörte.

Jürg Fankhauser musste durch die Bretterlücke in das Bachbett gestürzt sein. Dank des niedrigen Herbstwasserstandes blieb er im Kies liegen. Andernfalls hätte ihn die ab und zu reißende Kurzen ohne weiteres in die Ilfis und von da weiter über Langnau hinaus in die Emme spülen können. Weiter hätte ihn das Wasser ins Mittelland hinunter gezerrt in die Aare, wo er wohl im einen oder anderen Wasserkraftwerk hängen geblieben wäre.

Aber eben: Der Fankhauser Jürg blieb, wo er zeit seines Lebens gewesen war. In seinem Heimatdorf Kurzenau, unter der historischen Holzbrücke, bedeckt mit den Abfällen aus der Küche des *Löwen*, innerlich noch ein paar Minuten vom Bätziwasser aus derselben Küche aufgewärmt.

Damit aber war die Sache begreiflich nicht abgetan; wenn die Könige auch schweigen, deretwegen redet das Volk doch.

Hermann Blaser und Hans Zaugg hatten eine gesegnete Nachtruhe, denn erst der Pfarrer, der kurz nach acht in die Kirche eilte, fand den Toten im Wasser liegend. Er konnte jedoch nicht ausreichend erklären, weshalb er von dieser Seite des Dorfes zur Predigt kam, befand sich das Pfarrhaus doch direkt neben der Kirche, und einen Grund für einen frühmorgendlichen Spaziergang gab es eigentlich nicht.

Heute gebe es nichts, es sei ein Pfaff vorbeigefahren, die seien, was rote Schnecken auf den Wegen, bedeuteten schlecht Wetter.

Dennoch trafen die beiden Polizisten knapp nach dem Alarm am Tatort ein und begannen mit dem Absperren des Geländes, bevor die Spezialisten aus Bern anrückten. Mit ihnen war nicht vor zehn Uhr zu rechnen, denn der Weg in die Provinz war gerade an einem Sonntagmorgen lang und beschwerlich.

Zaugg hatte jedoch vorgesorgt. Heute genießen die jungen Polizeibeamten eben eine viel umfangreichere Ausbildung als in früheren Jahren. Damals reichte es für die Aufklärung eines Kapitalverbrechens üblicherweise, die Umgebung während Jahren genau im Auge zu behalten, man kannte seine Pappenheimer, und wenn einer über die Stränge schlug, war er schnell in den Senkel gestellt.

Aber heute? Heutzutage wohnte meist nicht mal mehr der Dorfpolizist im Dorf. Wie hätte er da Schuldige und Unschuldige auseinander halten sollen? Erst recht, wenn er in der falschen Partei war!

Zaugg also war vorbereitet. Er hatte einen mehrseitigen Fragebogen dabei. Denn er wusste: Bei drei Tötungsdelikten in der gleichen Woche war von einem Serienmörder auszugehen. Nun waren Unterlagen angebracht, die auch einem allfälligen Profiler weiterhelfen könnten. Diese Daten wurden in modernen Zeiten computermäßig erfasst und im internationalen Maßstab ausgewertet. So hätte man also einen Mord zurückverfolgen können, wenn beispielsweise der Täter vom Kurzgraben bereits früher einmal in Alaska zugeschlagen hatte.

Zaugg musste allerdings einräumen, dass diese Wahrscheinlichkeit äußerst gering war. Dennoch bestand er darauf, gemeinsam mit Blaser den ViCLAS-Fragebogen auszufüllen und ihn anschließend an die US-Zentrale zur Auswertung zu schicken. Die Beantwortung der Fragen war allerdings kein Kinderspiel. Bei den Opfern war die Sache klar: Personalien, Tötungsart, Fundort der Leiche, äußere Umstände und so weiter waren schnell zu definieren. Aber was den oder die Täter betraf, tappte man im Dunkeln. Die Fragen 55 bis 84 blieben also unbeantwortet.

Als Zaugg herausfand, dass für jedes Opfer ein eigener Fragebogen auszufüllen war, winkte Blaser ab. Er schickte seinen jungen Kollegen in den *Bären* mit dem Hinweis, dass er diese Schreibarbeit allein erledigen könne. Er glaube nicht daran, dass in ihrem Fall die internationale Zusammenarbeit mehr als Kosten in unbekannter Höhe erbringe. Außerdem war der Fragebogen in Englisch abgefasst, und der Ausfüllende wurde dazu aufgefordert, bei Unklarheiten im Beantworten einzelner Fragen unter Punkt 189 in einem freien Text die näheren Umstände zu schildern.

So weit also hatte die Ausbildung den hoffnungsvollen Polizeinachwuchs gebracht. Zaugg saß in der Kneipe und versuchte, aus dem verstörten Pfarrer die Details des Leichenfunds herauszuquetschen. Blaser hingegen wünschte sich beim Warten auf die Berner einen Kommissär von altem Schrot und Korn wie jenen vom Fernsehen, den väterlichen Studer, von dem er sehr wohl wusste, dass es eine literarische Figur war. Aber heute wünschte er ihn sich in die Wirklichkeit.

Behutsames Fragen, das Einsaugen des Atmosphärischen eines Ortes waren die Stärken, die ihm sein Autor beigegeben hatte. Aber Friedrich Glauser hatte wohl nie im Kurzgraben gestanden, die Schuhe im Wasser, neben sich einen Menschen, der ein Amt ausfüllte, eine Ehefrau zurückließ, die sein Fernbleiben nicht einmal bemerkt hatte, und der die Bevölkerung in das schlimmste Dilemma der letzten Jahrzehnte stürzte. Plötzlich war die Sehnsucht nach dem Detektiv wieder da. Die Menschen versammelten sich statt in der Kirche in den drei Wirtshäusern des Ortes. Im *Bären*, *Löwen* und *Hirschen* ging es hoch her wie höchstens noch zum Ausklang eines Schwingfests mit Alphornbegleitung. Aber heute traute sich nicht einmal der *Bären*-Wirt, die Filmmusik zu *Bilitis* aufzulegen, wie er das normalerweise in melancholischen Augenblicken machte.

Als gegen elf das Telefon in der Detektei *Aubois und Müller* quäkte wie ein alter Frosch, da wussten weder Heinrich Müller noch sein Kater, dass der Detektiv im Emmental wieder ein gefragter Mann war. Sie wussten es auch eine Stunde später noch nicht, als Nicole Himmel den Auftrag erhielt, den Mann endlich herbeizuschaffen. Denn die beiden schliefen einen herrlichen Rausch aus, in dem alle Fälle gelöst waren, in dem Vögel den Tag einsangen, bevor sie zwischen scharfen Zähnen zermalmt wurden, in dem der Duft von Kaffee selbst im Traum schon vorkam und erst das lästige Geräusch einer rasselnden Ankerkette den Schlummer beendete. Es stellte sich als Läuten der Türglocke heraus, mit dem ein Polizist den Sonntag zum Arbeitstag für Heinrich Müller machte, indem er ihm zu verstehen gab, dass ihn der Streifenwagen unten vor der Tür ohne Verzug in den Kurzgraben fahren würde.

Heinrich Müller warf sich in die Kleidung von gestern und schnappte sich, da es für ein Frühstück nicht reichte, ein Stück vom zwei Jahre alten Justistaler Alpkäse, den er wie immer bei Natalie, der Sigriswiler Biobäuerin, gekauft hatte. Salzig und süß zugleich strömte der Geschmack durch den Mund, eine frische Säure unterstrich die jungen Bergkräuter, im Gaumen Licht und Sonnenwärme.

Im Polizeiwagen wartete bereits Bernhard Spring, Störfahnder der Berner Kantonspolizei. Der großgewachsene Mann mit dem kantigen Gesicht und dem stechenden Blick war ein so genannt floatender Ermittler, den man jeweils dort einsetzte, wo es einen wie ihn gerade brauchte. Auch dass er aus dem Beweisfundus jeweils etwas für das von ihm geleitete Kriminalmuseum abzweigte, sah man ihm nach. Schließlich hatte mancher angehende Polizist dort Entscheidendes für seine Ausbildung gelernt.

Müller kannte Spring aus früheren Jahren, als beide bei der Bereitschaftspolizei Dienst taten. Sie waren sich nie in die Quere gekommen und hatten kaum miteinander zu tun gehabt. Heute unternahmen sie die erste gemeinsame Fahrt. Der Detektiv berichtete, was er an Fakten wusste und welche Schlüsse er bisher aus seinen Ermittlungen gezogen hatte. Schließlich war dies längst kein Fall mehr für seine persönliche Profilierung. Im Gegenteil: Bei der Versicherung waren damit keine Lorbeeren zu gewinnen. Dennoch drängte es auch ihn nach einer schnellen Lösung.

Müller erzählte von den religiösen Drohungen, und auf Springs Frage, ob er sie denn ernst nehme, meinte er: »Eigentlich nicht. Religion betreibt jemand nur aus Eigennutz. Das einzige Ziel ist es, sich einen Vorteil zu verschaffen, einen Vorteil, den man im Jenseits ansiedelt, damit man mit seinem Egoismus im Diesseits nicht zu sehr auffällt.«

»Eine gewisse Frömmigkeit soll man den Menschen nicht ausreden. An welche Ideale könnten sie sich denn halten, wenn die religiöse Ethik fehlt?«, wollte Spring wissen.

»Ethik und Moral. Dass ich nicht lache!« Müller ereiferte sich. »Ich möchte wissen, wie viele der heiligen Frauen, die von Malern in früheren Jahrhunderten in lasziven Posen dargestellt worden sind, in Wirklichkeit Damen der leichteren Sorte waren. Anders gesagt: Wie viele Huren werden in den Kirchen des Abendlandes als Heilige angebetet?«

Spring war für die Diskussion nicht gewappnet. Seine Gedanken kreisten um den Toten aus der letzten Nacht. Der Fahnder zog sein Handy aus der Innentasche seines Jacketts und ließ sich mit dem Erkennungsdienst am Tatort verbinden, als der Wagen in den Kurzgraben einbog und Müller dem Fahrer ein Zeichen gab, er solle anhalten.

Sonntagmorgen, 24.9.2006

Heute Nacht waren meine Träume wieder mal schlechter als das Fernsehprogramm, dachte Nicole, als sie am frühen Sonntagmorgen erwachte. Sie hatte eine imaginäre Karte des Emmentals erstellt mit Orten wie Brästenegg, Bösigershus, Bluttenried, Schmalenegg, Chrummholzbad, Bärschwand, Schwesterboden, Wabersbach, Wallestullen. Aber aus dem Schlaf riss sie eine Frau Tod, ein Gerippe, mit brüchiger Haut überzogen, ein Schädel mit tief liegenden, blicklosen Augen. Sie war blitzschnell wach und sich einer Gefahr bewusst, die sie jedoch nicht benennen konnte. Weshalb war es kein Schnitter Tod, warum führte die Frau keine Sichel mit sich?

Nicole wusste noch nicht, dass die Wirklichkeit schlimmer als alle Träume war. Sie öffnete das Fenster ihrer Dachkammer und stieß die braunen Läden auf. Die Bise hatte den ersten Herbstnebel und die Kälte ins Tal hineingedrückt. Nicole würde lange auf ein paar wärmende Sonnenstrahlen warten müssen.

In der Gaststube trank sie ihren Morgenkaffee und nahm ein Frühstück aus Brot und jungem

Emmentaler-Käse zu sich, dessen große Löcher es ihr angetan hatten. Das Haselnussaroma des geschmeidigen Teigs blieb noch lange an ihrem Gaumen haften, während sich der Frühlingsblumenduft des Käses gegen den abgestandenen Zigarrenrauch nicht durchsetzen konnte. Die vom Schweiß der Arbeitshosen getränkten Holzbänke erinnerten in ihren Ausdünstungen an tagelang nicht gewaschene Socken in einer Essiggurkenlake. Aus der Küche, wo der Wirt bereits fürs Mittagsmenu tätig war, drang der stumpfe Geruch von kaltem Speck, müder Salbei und aufgeweichten Dörrbohnen.

Dann, als Nicole eben beim letzten Schluck Kaffee war, brach das Chaos über den *Bären* herein. Statt in der Kirche saßen die Leute bald auf den Stühlen und Bänken, brachten neue Duftnoten mit, bestellten Bier und Weißwein in ungewohnten Mengen. Lilly war zuständig fürs Auftragen. Man hatte sie in ihren Gedanken gestört, die heute Morgen ausschließlich ihren beiden Katzen galten, den zwei Ziegen und der Hand voll Hühner, für die ihr ein missliebiger Nachbar das Schlachten angedroht hatte, wenn sie noch einmal in seinem Garten nach Würmern graben würden. Die meisten Leute, so viel war Lilly klar, interessierten sich für Tiere nur, wenn sie in der Bratpfanne oder auf dem Grill lagen.

Während Lilly die Getränke servierte, erfuhr sie, was in der letzten Nacht geschehen war. Es erschreckte sie nichts mehr im Kurzgraben, alles drängte darauf, einen Weg aus dem Schattenloch hinaus zu finden. Sie wünschte, sie wäre zehn Jahre jünger, zehn Kilo leichter, 100 Prozent frecher, wie diese Fernsehmoderatorin, welche die Leute zu Telefon-Quiz-Shows animierte: »Füüftuusig Schtutz sind im Tschäckpott! Chömed. Lüütet aa! Wo! sind! er! Ich warte ...« Auf Lilly warteten nur noch Kaffeerahmdeckelsammlerinnen, Bierbauern und Weißweinsüffel. *Hergegen was ist mit der Schönheit? Die ist übernächtig, und man hat viele Exempel, dass es in kurzer Zeit aus den Schönsten die wüstesten alten Hexen gegeben hat und böse nota bene.*

Auf Nicole hingegen wartete die Welt. Aber erst musste sie wieder Lucy werden. *Lucy in the Sky with Diamonds*. Dafür jedoch musste sie raus aus diesem Lärm und Gestank, weg von den bluttriefenden Geschichten und haltlosen Verdächtigungen. Denken können.

Im Kurzgraben gab es neben dem Schulbus keinen öffentlichen Verkehr, auch ein Taxi musste man in Langnau bestellen, was den Preis entsprechend erhöhte und den Aufwand nur lohnte, wenn man etwas zu transportieren hatte. Also ging man zu Fuß, wenn man kein eigenes Auto besaß.

Nicoles Transportgut waren Gedanken, ihre Füße nahmen den *Hintertürenweg*, der außerhalb des Dorfes knapp neben dem steilen Abhang unterhalb der Wildegg in 100 Metern Abstand zur Straße nach Norden in den Schachen und somit ins breitere Quertal der Ilfis führte. Es empfing sie frische Luft, vom nachvibrierenden Schlag der Kirchenglocken ionisiert. Die tibetanischen Gebetsfähnchen flatterten im Wind, der den beißenden Gestank von frischem Urin mit sich trug, den ein Kater am Holzzaun hinterlassen hatte. Bald überdeckte der Duft von säuerlicher Molke, der aus einem Bauernhof drang, die unangenehme Spur der Katze, bevor das Aroma der Sonntagsbraten einen friedlichen olfaktorischen Abschied von den letzten Häusern von Kurzenau erlaubte.

Nicole öffnete die Nase, so weit es ging. Sie hatte in ihrer Diplomarbeit bisher vor allem auf Gespräche gesetzt und die sinnlichen Eindrücke vernachlässigt. Bereits 1794 hatte der Pariser Hygieneprofessor Jean-Noël Hallé während eines Spaziergangs entlang der Seine das Prinzip einer Geruchskarte entwickelt, die sehr viel über den Zustand der jeweiligen Gegend aussagte. Die Idee war etwas in Vergessenheit geraten. Aber Nicole, der viele Gerüche gerade aus der Landwirtschaft neu waren, wollte sie wieder aufnehmen und als Teil ihrer ethnologischen Forschung betrachten.

Nicole setzte sich auf eine Bank in die ersten Sonnenstrahlen, an eine geschützte Stelle, wo die Bise keine Chance hatte, und las im Buch *Mord im Alpenglühen*, eine Geschichte des Schweizer Kriminalromans, das sie aus ihrem Zimmer mitgenommen hatte. Sie interessierte sich für den Anhang, in dem es um eine poetologische Differenz zwischen Stefan Brockhoff und Friedrich Glauser ging.

Nicole trat für eine ernsthafte Auseinandersetzung und somit für Friedrich Glauser ein, der in einem ›Offenen Brief‹ vom 25. März 1937 auf Brockhoffs ›Zehn Gebote für den Kriminalroman‹ geantwortet hatte, die am 5. Februar desselben Jahres in der *Zürcher Illustrierten* erschienen waren. Sie las: »Ich habe immer gefunden, das Alte Testament habe mit der Aufstellung der Zehn Gebote – deren Übertretung, nebenbei bemerkt, uns immer noch den Stoff für unsere Romane liefert – einen bedauerlichen Präzedenzfall geschaffen. Alle Leute, die den dunklen Drang verspüren, ihren geplagten Mitmenschen Vorschriften zu machen, fühlen sich seither verpflichtet, ihr Thema in zehn Teile zu gliedern, auch wenn es mit fünf, vier oder drei Geboten erschöpft wäre.«

Nie veröffentlicht, höhnte Lucy, kein Wunder, humorlos und ironiefrei, dieser Glauser. Dann zitierte sie Stefan Brockhoff: »Ein Kriminalroman ist ein Spiel. Ein Spiel zwischen den einzelnen Figuren des Romans und ein Spiel zwischen Autor und Leser. Auf den ersten Blick scheint der Autor sehr im Vorteil. Er teilt die Karten aus und wacht eifersüchtig darüber, dass sein Partner nur eine ganz bestimmte Auswahl in die Hand bekommt. [...] Passen Sie gut auf, und wenn Sie merken, dass ich gegen die Spielregeln versündige, beschweren Sie sich bei mir.«

Nicole gab zurück: »Aber wie es auch echten Kirsch und Façon gibt, gerade so gibt es die echte Spannung und die Fuselspannung – verzeihen Sie das neue Wort. [...] Nicht der Kriminalfall an sich, nicht die Entlarvung des Täters und die Lösung ist Hauptthema, sondern die Menschen und besonders die Atmosphäre, in der sie sich bewegen.«

Aber Lucy konterte: In einem Brief an Anna von Fischer vom 13. August 1937 sagt Glauser jedoch: »Il faut savoir jouer le jeu, wie der Franzose sagt. Man muss das Spiel spielen lernen. Jedes Spiel hat seine Regeln – im schönen Schweizerland hängt das Jassreglement an jeder Wand. Nun, wir Schreiber müssen nach meist ungeschriebenen Regeln spielen. Oder vielmehr: Zu dem Spiel, das wir mit uns selbst spielen, müssen wir die Regeln selber finden.«

Nicole stand auf der Seite der Atmosphäre, Lucy freute sich am Spiel, und ein Spiel hatte auch sie erfunden. Während der letzten Jahre hatte sie eine Liste von sprechenden Namen angelegt, die besonders entlarvend im Zusammenhang mit der beruflichen Tätigkeit von Menschen waren. Nun benannte sie die Häuser, die an ihrem Weg lagen, nach diesen Namen. Hier wohnte also der Berufsberater *Feyerabend*, dort hinten im dunklen Loch die Putzfrau *Weissmilch*, da drüben der Sporttrainer *Müßiggang*, im ersten Stock der Autoimporteur *Bleifuss*. Auf der anderen Seite des Baches hauste die Spitalsekretärin *Trost* neben dem Scheidungsrichter *Bleibtreu* und unter der Kochbuchautorin *Wurzel*. In der Scheune nebenan hat ein Doktor *Freud* die frühkindliche Sexualität entdeckt. Dagegen waren Pfarrer namens *Sorgenfrei* und *Ficker* bereits das kleinere Übel. Ob das auch für Bauern galt, die sich *Bär* nannten? Das Tal bekam eine ganz neue Topografie. Vielleicht war es Unsinn, aber Lucy war für Unsinn empfänglich. Der machte aus Nicole eine heiter gestimmte Frau, die endlich wieder denken konnte, unbelastet von den Geräuschen, die von allen Seiten auf sie einstürzten, von missliebigen Wortfetzen und harten Befehlen.

Mit jedem Schritt öffnete sich das Tal ein wenig. Die Wiesen wurden breiter, der Hang weniger steil. Die feuchte Erde, die sich nach den letzten Gewittern und dem Rutsch der Grassode aufgetürmt hatte, roch dumpf und schwer, es war der herbstliche Leichengeruch, die sich ankündigende Fäulnis, die bald wie ein undurchdringlicher Teppich über der Landschaft liegen würde. Kurz vor der Schweinemästerei erreichte der Fußweg die Straße, die in einer Kurve in den Schachen hineinbog. Hier führte wirklich der Tod das Zepter, der beißend säuerliche Gestank von Fäkalien vermischte sich mit den Schreien von Hunderten von Tieren, die im Dunkeln gefangen gehalten und gemästet wurden. Das war der Geruch lebender Speckschwarten, die den Konsumenten erst nach ausgiebigem Zusatz von Räucheraromastoffen zugemutet werden konnten.

Neben Nicole bremste ein Polizeiwagen. Sie blieb abrupt stehen und fragte sich bereits, was sie falsch gemacht haben könnte. Da winkte ihr eine Hand aus dem offenen Fenster die Aufforderung zum Nähertreten zu, und mit großer Erleichterung erkannte Lucy Henry Miller, der zu ihr und zu den Kurzenauern zurückgekehrt war. *So ein Polizeier, wenn er sein Handwerk versteht, ist ein wichtiger Mann und namentlich auf abgelegenen Höfen ein wahrer Weibertrost. Er weiß zu brichten, was man begehrt, verrichtet alles, was man will, gibt allen recht und besonders den Weibern, wenn der Mann nicht daheim ist und sie über die Männer klagen, er macht für die Mutter den Spion, für die Tochter den Botschafter ...*

Sonntagnachmittag, 24.9.2006

Nicole stieg zu den drei Männern ins Auto. Müller berichtete von den neuesten Erkenntnissen, vom Drogentod der jungen Frau und von den bedrohlichen E-Mails. Nachdem sich Spring den Bericht der Spurensicherung angehört hatte, klappte er das Telefon zu. Müller stellte Nicole als seine Assistentin vor Ort vor. Dann fuhren sie weiter, und der Störfahnder fasste den Bericht zusammen: »Das Blut auf der Holzbrücke stammt ziemlich sicher vom Opfer, da seine Pulsadern an den Handgelenken aufgeschnitten sind. Wäre das Blut von einem Täter, so hätte er auf dem Rückweg vom Tatort eine Spur hinterlassen und wäre nicht weit gekommen. Es führen einzig blutige Schuhabdrücke zum *Löwen*, wo der Wirt gerade vernommen wird. An der Jacke des Toten gibt es allerdings Blutspuren an Stellen, die das Opfer kaum berührt haben kann. Deshalb müssen wir von einem weiteren Mord ausgehen. Die ganze Inszenierung soll aber aussehen wie ein Selbstmord. Hätte Jürg Fankhauser denn dafür einen Grund gehabt?« Die Frage richtete sich an Nicole. »Sie kennen den Mann doch?«

»Den Gemeindeschreiber?«, fragte sie zurück. »Der Mann führte ein Leben zweiter Klasse. Er besaß eine zweitklassige Zahnbürste, trank zweitklassiges Bier und lebte in einer übersichtlichen Wohnung, die von seiner Frau mit zweitklassigen Reinigungsmitteln geputzt wird. Unter seiner Matratze würde man zweitklassige Pornohefte finden und auf dem Nachttisch in einem schmutzigen Glas Gebissteile minderer Qualität. Tagsüber machte er einen Job zweiter Klasse und fuhr einen Occasionswagen. Im Bett neben ihm lag eine unscheinbare Frau, die im Badezimmer zweitklassigen Nagellack hatte und eine künstliche Haarfarbe auf dem Kopf. Unter ihrer Matratze schimmelten geschmacklose rote Tangas mit Strapsen. Ab und zu hatten sie zweitklassigen Sex miteinander, den sie Liebe nannten, manchmal auch drittklassigen auswärts. Sie blieben zusammen, weil sie aus Erfahrung und aus drittklassigen Sendungen im Fernsehen wussten, dass das Leben und der Sex zu Hause eine Klasse besser sind!«

»Wenn ein solches Leben Grund für einen Selbstmord bietet, dann hätte die halbe Bevölkerung Anlass genug dazu«, sagte der Polizist, der den Wagen fuhr.

»Aber es muss eine dunkle Geschichte in seinem Leben geben, etwas um seine Tochter Linda. Vielleicht das Mädchen, von dem du in der Stadt gehört hast, denn ich habe sie nie im Kurzgraben gesehen«, sagte Lucy so leise, dass nur Henry es hören konnte.

»Das bedeutet nun endgültig und unwiderruflich«, meinte Spring, »das ganze Tal tritt heute Nachmittag zum DNA-Test an. Diejenigen, die nicht antanzen, werden persönlich abgeholt.«

Die Masse ist selten in einem klaren Bewusstsein über den Wert und die Natur dessen, was um sie vorgeht, sie spendet Beifall und Tadel nach dem Luft, der da geht, ungefähr wie der Rauch, der auch vom Winde getrieben wird.

Inzwischen waren sie beim *Bären* angekommen. Die beiden Polizisten fuhren zur Holzbrücke weiter. Nicole begleitete Heinrich auf sein Zimmer, das er nicht vollständig ausgeräumt hatte. Jedenfalls lag sein Pyjama noch auf dem Bett. In der Hektik des heutigen Morgens war auch kein Zimmerservice gemacht worden.

»Lilly hatte dermaßen viel zu tun in der Wirtschaft, dass für anderes keine Zeit blieb«, sagte Nicole. Sie legte sich aufs Bett und blickte an die dunkle Holzdecke, über der nur noch der Dachboden lag.

»Eigentlich sollte *ich* hier liegen«, sagte Müller, »*mich* hat man aus dem Tiefschlaf gerissen und in dieses höllische Tal gezerrt.« Er setzte sich auf die Bettkante.

»Das nennt sich nun Höhepunkt der Menschheitsgeschichte«, meinte Nicole, »der moderne Mensch, der seine Probleme mit Töten aus der Welt schafft. Zuerst generiert er mit seiner Tierhaltung Seuchen, dann schlachtet er die armen Viecher gleich millionenweise.«

»Welche Seuche wird denn im Kurzgraben bekämpft?«, fragte Heinrich, aber es war eine Frage, auf die es keine Antwort gab.

»Das ist nun also der Fortschritt.« Nicole legte die Hand auf Müllers Arm. »Die so genannte Evolution müsste eigentlich De-Evolution heißen, also nicht Fortschritt, sondern Rückschritt. Die Natur wählt von zwei möglichen Entwicklungen stets die schlechtere: Krankheit statt Gesundheit, Dummheit statt Intelligenz, Krieg statt Frieden.«

»Tod statt Leben«, ergänzte Heinrich.

»Sie gerät so in einen abwärts stürmenden Wirbel, der es ermöglicht, eine dominante Spezies durch ihre eigene Degeneration aus dem Weg zu räumen, um Platz zu machen für eine andere Spezies. Denk bloß an die Dinosaurier, deren Eierschalen so hart wurden, dass die Babys nicht mehr schlüpfen konnten. Keine Babys – aus!«

»Und die Menschen?«, fragte Henry.

»Das Gehirn ist ja schon reichlich verkalkt, jetzt kommt auch noch massenhaft Mikrowellenstrahlung dazu, welche die Hirnmasse durch einen Tieftemperaturkochvorgang verklumpen lässt.«

»Und was kommt nach dem Menschen?«

»Jedenfalls nichts, was ein ähnliches Gehirn hat. Vielleicht Insekten, Ameisen, Bakterien. Irgendein Lebewesen, das in der Lage ist, sich in riesigen, selbst organisierenden Verbänden auszubreiten, sodass jede Einheit unabhängig von den anderen in einem ausgeklügelten Bauplan zum Ganzen beiträgt«, sagte Lucy.

»In dem ein jedes seinen Platz und die ganze Ordnung kennt?«

»Genau, angeordnet wie Tautropfen auf einem Spinnennetz.«

Sonntagnachmittag, 24.9.2006

»Nimm das und das! Kannst du nicht sterben? So! So! – Ha, sie zuckt noch; noch nicht, noch nicht? Immer noch. Bist du tot? Tot! Tot!«, brüllte der Zwei-Meter-Hüne, der seltsam unbeweglich mit einem Messer herumfuchtelte, dass einem angst und bange werden konnte.

Der ergraute Schwingerkönig von 1986 war vielleicht für den ›Woyzeck‹ nicht die ideale Besetzung. Überhaupt war vielleicht Georg Büchners ›Woyzeck‹ im Blick auf die Ereignisse der vergangenen Woche nicht die ideale Wahl für die erste Saisonpremiere der im Sommer neu gegründeten *Theatergruppe Kurzgraben*, die aus einer Abspaltung der Damenriege hervorgegangen war, weil sich die Frauen partout weigerten, mit Männern gemeinsam zu turnen. Allerdings war die Gruppe noch nicht als Verein eingetragen, also ein Teil des Dorflebens, der sich noch etablieren musste.

»Und da hat der Ries gesagt: Ich riech, ich riech Menschenfleisch. Puh, das stinkt schon«, sagte eine kleinwüchsige Frau im Plauderton, die den Narren vorstellte. Ob sich die Theatergruppe damit die notwendige Unterstützung sicherte? Aber man hatte lange geübt. Jetzt musste es auf die Bühne. Die Zuschauer fürchteten immer noch den Dolch, aber sie hatten schon vorher nicht begriffen, warum der arme Mensch sich ausschließlich von Erbsen ernähren sollte, gab es doch Brot, Speck und Käse genug.

Auch sonst ging es im Mehrzwecksaal des *Hirschen* hoch zu und her. Immer wieder wurde ein Name flüsternd durch die Reihe gegeben, jemand stand auf und kam nach fünf Minuten wieder, unter Geraschel und Geraune über alle Beine in den eng gestuhlten Reihen steigend. Das irritierte die Schauspieler zunehmend. Aber nach der letzten Szene war es um die Zurückhaltung des Publikums geschehen.

»Ein guter Mord«, sagte der Polizist, »ein echter Mord, ein schöner Mord. So schön, als man ihn nur verlangen tun kann. Wir haben schon lange so keinen gehabt.«

Da brachen die Emotionen über die Leute herein, sie schrieen und tobten, man wusste nicht, war es aus Wut oder aus Begeisterung. Dann strömten die Menschen hinüber in die Gaststube und stellten sich für den DNA-Test in die Reihe, die nur unterbrochen wurde, als sich beim Buchstaben E niemand meldete.

Man war sich plötzlich einig, dass das Theater ein ungewöhnliches Spektakel gewesen war und die

Gruppe dieses Stück in weiser Vorausschau ausgewählt hatte. Schließlich nahm es bereits niemand mehr so ernst mit dem erneuten Mord, man feierte einen Sonntag, wie man ihn nicht so schnell vergessen würde. Auch Henry und Lucy hatten der Vorführung beigewohnt, der Detektiv war bei seinem Eintritt in den Saal sogar mit Applaus empfangen worden. Es zeigte sich, dass die Stimmung im Tal sehr schnell von einer Seite auf die andere kippen konnte.

Jetzt suchten die beiden einen Platz am Tisch der Berner Polizisten, mussten sich aber mehrfach wieder erheben, um neue Gäste durchzulassen, die unbedingt auf der Bank an der Wand sitzen wollten, obwohl diese kaum mehr Platz bot.

»Als wir das ›Aufstehen der Massen‹ gefordert haben«, sagte Müller zu niemandem im Besonderen, »haben wir nicht uns selbst gemeint, wie wir uns heute – schwer geworden von den Genüssen des Lebens – vom Esstisch erheben.«

Lucy lachte und sagte. »Ich hoffe, ich muss deine Erfahrungen beim Älterwerden nicht teilen. Aber wenn das das einzige Problem ist …«

»Nun«, meinte Heinrich, »das Schlimme – und das habe ich dir beim letzten Gespräch verschwiegen – daran ist, dass du dich dauernd zwischen zwei Hosengrößen und zwei Brillenstärken befindest.«

Nachdem ein paar Einheimische die letzten Plätze am großen Tisch besetzt hatten, fragte der Störfahnder in die Runde, ob sich jemand ein Motiv für den Mord am Gemeindeschreiber vorstellen könne.

Die von der Theateraufführung und vom ersten Bier bereits geröteten Gesichter blühten auf.

Ein Witzbold sagte: »Er hat wohl den Eltern die Schülertransportkosten nicht rechtzeitig zurückerstattet.«

Es war ein Insiderwitz, der auf die letzte Gemeindeversammlung Bezug nahm. Überhaupt bot diese Stoff zu neuen Spekulationen. Jemand hatte den Vorschlag einer Umfahrung des Schachens gemacht, um die Feierabend-Verkehrsprobleme in den Griff zu bekommen. Es fiel die Idee eines Tunnels unter der Wildegg durch, eine Luxusvariante, die in nichts der Lösung anderer schweizerischer Verkehrsprobleme nachstand. Deshalb fühlte man sich doch nicht völlig unberechtigt zu dieser Forderung, insbesondere, da Tunnels kantonales Hoheitsgebiet waren und vom Kanton Bern auch finanziert werden mussten. Da ein solcher Plan die Gemeindekasse weniger belasten würde als eine zusätzliche Ortsstraße, fand er immer mehr Freunde, unter anderen den Gemeindeschreiber.

»Wir müssen auch an den Tourismus denken«, sagte Fankhauser damals.

Therese Bär, vehemente Gegnerin des Projekts, entgegnete: »Du denkst an all die Hundebesitzer, die ihren Köter eine halbe Stunde ausführen und dafür eine Stunde im Auto hin und zurück fahren!«

So knüpfte man eine Verbindung zwischen den beiden Morden. Dass die Absurdität des Plans an der Versammlung dann doch zur deutlichen Ablehnung der Idee führte, blieb hingegen unerwähnt.

Zuletzt drückte sich der völlig verschwitzte Ex-Schwingerkönig noch auf die Bank, die unter Ächzen nachzugeben drohte, denn noch einmal 120 Kilo waren selbst für das stärkste Holz zu viel. Mit einem beleidigten Fauchen räumte der fette schwarz-weiße Kater auf der Lehne seinen Platz und rannte durch die vielen Beine der Küche entgegen. »Der frisst sich wieder kugelrund, damit er für die Katzenjagd im Frühling gerüstet ist«, spottete einer. »Das wär doch was für dich!« Mit einem Schlag auf die Wampe des ›Woyzeck‹ brachte er sich allerdings selber in Gefahr.

Der aber brummte nur und sagte: »Schön wär's. Stell dir vor: Die Männer ziehen im Frühjahr während der Brunft heulend durch die Dörfer. Man sieht sie tagelang nicht zu Hause, und sie nehmen die Hälfte ihres Gewichts ab, das ganze angefressene Fett.«

Der Angesprochene lachte. »Aber wenn sie zu sehr heulen, werden sie kastriert. Dann singen sie die hohen Stimmen im Kirchenchor.«

»Und der Käser ist dermaßen erschöpft, dass er keinen Laib mehr stemmen kann.«

»Wo ist der Werner überhaupt?«, fragte der Schwinger. »Bei der Aufführung habe ich ihn nicht gesehen, obwohl er sein Kommen doch angekündigt hatte.«

Sonntagnachmittag, 24.9.2006

Müller hatte die letzte Bemerkung als Fingerzeig verstanden, zwinkerte Nicole zu und begab sich mit ihr aus der Wirtschaft hinaus. Sie wechselten die paar Dutzend Meter hinüber zum *Bären*, wo es sehr viel ruhiger und gesitteter zu und herging, sehr zum Missfallen des Wirts, der sich auch gern ein Stück vom Kuchen abgeschnitten hätte.

Die beiden setzten sich an einen freien Tisch. Nicole nahm das Magazin eines Großverteilers zur Hand, das auf der Rücklehne der Fensterbank lag, obwohl kein Geschäft der Kette im Graben vorhanden war. Sie blätterte ziellos die Seiten durch, bis die bestellten Getränke auf dem Tisch standen.

»Was suchst du?«, fragte Müller.

»Nichts Besonderes. Ich schau mir die Leserbriefe und die Kontaktseiten an, das gibt für die Ethnologie der heutigen Schweiz ebenso viel her wie eine statistische Untersuchung. Hier zum Beispiel sucht eine Frau einen Jugendfreund aus den Achtzigerjahren. Einen Giovanni, der in einem Hotel in den Bergen an der Rezeption gearbeitet hat, währenddem sie Kellnerin war.«

»Was schließt du daraus?«

»Dass eine tiefe Sehnsucht nach der Vergangenheit besteht und man sich eine frühe Liebe in späteren Jahren mit verklärtem Blick zurückwünscht. Dabei können die 20 Jahre Altersunterschied nicht ungeschehen gemacht werden, und die Sehnsucht bleibt Illusion.«

»Ich erklär dir jetzt das *System Müller*, mit dem ich an eine Untersuchung herangehe. Oft bin ich damit erfolgreicher als mit herkömmlichen Ermittlungsmethoden.«

»Worin besteht das System?«, fragte Nicole.

»Erst musst du zu Lucy werden, sonst funktioniert es nicht. Ich bin Henry«, meinte Müller, »das ist die Voraussetzung. Und jetzt noch mal. Was steht in diesem Inserat?«

»Eine Frau sucht einen Mann.«

»Und weiter?«

»Sie wünscht sich eine Jugendliebe zurück.«

»Das ist die Oberfläche. Was ist mit dem Untergrund?«

»Er ist ein Süditaliener. Sie hat Sehnsucht nach dem Exotischen.«

»Das auch«, sagte Müller. »Aber stell dir vor, der Typ taucht wirklich hier auf. Wozu soll das führen? Das kann nur einen Sinn haben: Es wartet hier eine Mutter mit einem unehelichen Sohn auf ihn.«

Lucy lachte. Es klang eine Spur tiefer als das übliche Himmel-Lachen.

Henry blätterte ein paar Seiten nach vorn. »Nehmen wir ein anderes Beispiel. Hier wird der *Single der Woche* vorgestellt. Diesmal ist es eine Frau. Krankenschwester. Fotografiert gern, hat einen kleinen schwarzen Hund. Liebt das Schlittschuhlaufen. Sammelt Handtaschen. Was sagt uns das?«

»Sport gehört immer dazu. Wer nicht sportlich ist, findet keinen Partner. Oder hast du bei den Hobbys schon mal gelesen: unsportlicher Faulenzer?«

Henry schüttelte den Kopf. »Was sagt dir *Schlittschuhlaufen*?«

»Pubertär. Und dann erst *Eisprinzessin*? Vorstellungen von 14-Jährigen. Außerdem diese Handtaschensammlung!«

»Der Mann kriegt also eine pubertäre Handtaschensammlung, die auf dem Eisfeld mit einem kleinen Hund spazieren gefahren wird.«

»Spielt keine Rolle. Als Krankenschwester ist die Dame sowieso nie zu Hause. Schichtdienst. Wochenend- und Nachtarbeit.«

»Die ganze Präsentation ist also eine Warnung«, resümierte Henry. »Die Dame wird eher den Mann wieder aufgeben als ihre Handtaschensammlung.«

»Na klar, mit der lebt sie ja auch schon länger zusammen.«

»Gut. Spaß beiseite«, sagte Müller. »Jetzt gehen wir in derselben Weise die Verdächtigen durch. Wir haben sechs Opfer: Werner Ramseiers Frau, Todesart unklar. Der Tote unter der Schrecknadel, abgestürzt, vielleicht von seinen Kühen in den Tod getrieben. Housi Bähler, der Einwäger von *Moloko*, in seinem Auto verbrannt. Therese Bär, mit einem Beil erschlagen. Jürg Fankhauser, die Pulsadern aufgeschlitzt und von der Brücke gestürzt. Und Linda, die Tochter des Gemeindeschreibers.«

»Besteht da wirklich ein Zusammenhang?«, fragte Nicole.

»Egal. Wir suchen jetzt eine Verbindung zwischen zwei oder mehreren der Todesfälle. Vielleicht können wir dann ein Netz auswerfen und die anderen darin einfangen.«

»Wir suchen also eine verborgene Ursache, etwas, das nicht auf der Hand liegt.«

»So ist es. Ich habe verschiedene Thesen. Erstens: Religion.«

»Du denkst an deine E-Mails. Die Religionen sind für die meisten Kriege und Konflikte auf dieser Welt in Geschichte und Gegenwart verantwortlich«, überlegte Nicole.

»Ein beträchtliches Gewaltpotenzial. Jedenfalls sind sie immer wieder als Begründung herangezogen worden – auch für andere Interessen.«

»Sie waren halt seit jeher besonders gut eingebettet und mit einem klaren Wertesystem verbunden.«

»Aber als Handlungsrahmen für einen Einzelnen eher fragwürdig«, gab Müller zu bedenken.

»Gerade der kann besonders motiviert sein im Gefühl, sich für das Ganze einzusetzen.«

»Bloß hat Beat Eichenberger wohl doch zu wenig klare Verbindungen zu den verschiedenen Opfern, mit Ausnahme des Mädchens. Aber von der Verdächtigenliste streichen können wir ihn nicht.« Müller gab den Ball weiter. »Zweitens: Der Käsemarkt.«

»Bei Werner Eichenberger ein besonders starkes Motiv für den Mord am Einwäger, aber sonst bleiben die Bezüge doch sehr vage.«

»Willst du nicht von Ethnologie auf Kriminalistik umsatteln?«, fragte der Detektiv.

Nicole lachte. »Ich glaube, die Völkerkunde bietet letztlich doch mehr Überraschungen.«

»Drittens: Die Lage der Bauern.«

»Den Gedanken finde ich zu abstrakt. Es besteht zwischen der theoretischen Vermutung und den tatsächlichen Ereignissen ein zu geringer Zusammenhang.«

»Aber der Niedergang des Bär-Hofes auf der Wildegg?«, fragte Müller. »Das ist ein starkes Motiv für ein Familiendrama im Alkoholrausch. Vielleicht ist der Täter nur nicht fertig geworden, weil er zu besoffen war. Der Selbstmord hätte die Tat abgerundet.«

»Dann haben wir aber keinen Zusammenhang zu den restlichen Fällen«, gab Nicole zu bedenken.

»Viertens: Eifersucht.«

»Ich weiß nichts darüber. Ich kenne die einzelnen Geschichten zu wenig genau. Was hinter den Haustüren geschieht, bleibt Außenstehenden meist verborgen. Sie könnte in jedem der Fälle eine Rolle gespielt haben. Ob sie aber alleiniges Tatmotiv war?«

Der Detektiv ließ nicht locker. »Fünftens: Politik. Bern und die Siebzigerjahre.«

»Diese Frage geht an dich zurück«, antwortete Nicole. »Dafür bin ich zu jung.«

»Würde mir als Motiv gefallen. Das ist ein richtig literarisches Wunder. Geschichtliche Tiefendimension, Leidenschaft, Engagement. Aber als singuläres Ereignis um Therese Bär zu wenig zwingend.«

»Das stimmt. Sonst müssten wir bei mindestens einem weiteren Beteiligten Bezüge nach Bern nachweisen können.«

»Die haben wir nur beim Kantonspolizisten Hermann Blaser. Den habe ich aber auf der Verdächtigenliste nicht drauf.« Müller schmunzelte. »Gibt es aus ethnologischer Sicht Rituale oder gesellschaftliche Vorschriften im Kurzgraben, die jemand verletzt haben könnte?«

»Du meinst, so etwas wie Blutrache?«

»So wild wird's eher nicht zugehen. Aber irgendetwas in der Art könnte uns weiterbringen.«

»Na ja. Sehr auffällig ist das Tal der Kurzen in dieser Hinsicht nicht. Zwei Werte sind bestimmt wichtig. Erstens: Ein Mann muss sein Gesicht wahren. Zweitens: Ein Mann muss seine Familie schützen.«

»Das alleine wird es nicht gewesen sein. Aber wenn wir nun alles zusammen nehmen?«

»Zum Beispiel?«

»Denk an den *Single der Woche*. Jemand wird durch das Politplakat aus den Siebzigern gewarnt vor den Verführungskünsten einer Frau, die nun zwar bereits älter ist, aber in ihrer bankrotten Hexenkate auf der Wildegg Männer verzaubern kann, sodass sie Kühe auf ihren Besitzer hetzen, die ihn dann über einen Felsvorsprung stoßen.«

»Einer bekommt Wind von der Sache und nutzt sein Wissen aus, um eine andere Frau zu verführen, zum Beispiel diejenige des Käsers. Der Sohn versucht in seinem religiösen Wahn die Familienehre zu retten, der Vater will sein Gesicht wahren.«

»Das würde bedeuten«, sagte Müller, »dass die beiden zusammengearbeitet haben. Fehlen Ramseiers Frau, der Gemeindeschreiber und seine Tochter.«

»Vielleicht hat Jürg Fankhauser, der ja auch das Zivilstandsamt führt, eine Anhäufung ungewöhnlicher Ereignisse festgestellt, ist misstrauisch geworden und hat auf eigene Faust ermittelt. Oder er wollte sein Wissen einsetzen, um Lindas Drogentod zu rächen. Jedenfalls ist er jemandem in die Quere geraten.«

»Unter einen Emmentaler sozusagen. Was mir nicht gefällt: Die ganze Konstruktion lenkt von den wirtschaftlichen Verhältnissen ab und fokussiert aufs Private. Das könnte einem Dritten zugute kommen.«

Sonntagnachmittag, 24.9.2006

Unbemerkt erhob sich auf der anderen Seite der Wirtschaft ein Mann, der in der dunkelsten Ecke gesessen hatte, und trat zu Müller und Himmel an den Tisch.

»Darf ich mich zu euch setzen?«

Die beiden erschraken, denn es war Werner Ramseier, der da vor ihnen stand, nicht gebeugt von der Last seines Alters, sondern in seiner ganzen Größe aufrecht, in frischer Kleidung. Und in seiner Stimme kein Ton von Verwirrung. Ramseier setzte sich den Detektiven gegenüber.

Im Hintergrund knisterte eine Nadel auf einer Schallplatte. Müller befürchtete das Schlimmste. Der Wirt spielte *Erotische Momente*, eine LP, die man heute nur noch wegen ihres lasziven Umschlags kaufen würde. Speckig vom häufigen Betasten, schmachtende, leicht bekleidete Ladys und schwarze Soulsänger, die zum Beispiel Barry White hießen. Irgendwo musste noch eine illustrierte *Kamasutra*-Ausgabe versteckt sein.

»Ich habe alles mitgehört«, begann Ramseier. »Der Schall nimmt in diesem Raum den Weg über die Decke. Man versteht euch also auf der anderen

Seite besser als am Nebentisch. Ich muss mich entschuldigen. Ich habe eure Arbeit erschwert.«

»Seine Arbeit«, wandte Nicole ein und zeigte auf Müller. »Er ist der Detektiv.«

Ramseier lachte. »Was nicht ist, kann noch werden.«

»Weshalb solltest du dich entschuldigen?«, fragte Müller.

»Ich habe von Anfang an meine Verwirrung nur vorgetäuscht, weil ich gehofft habe, den Mörder meiner Frau selber zu stellen. Denn es geht um die Hauptpfeiler menschlicher Existenz: Liebe, Familie und Arbeit. Und damit sollte ich wohl doch selber zurechtkommen. Habe ich geglaubt. So groß ist der Kreis der Verdächtigen ja nicht. Aber die Sache ist aus dem Ruder gelaufen. Das habt ihr ja selbst bemerkt. Deshalb ist es Zeit, die Verstellung zu beenden.«

»Liebe, Familie und Arbeit«, wiederholte Müller.

»Fangen wir hinten an«, sagte Ramseier. »In der Antike gilt Arbeit als Mühsal und wird an Sklaven delegiert. Erst das Christentum gibt der Arbeit die Würde zurück, gleichzeitig ist Arbeit auch ein Mittel zur Askese, Beten ist Arbeit, denn der Teufel erwischt nur die Müßiggänger. Luther macht daraus den Beruf, den Ruf Gottes. Der Bauer wird von Gott zum Mistführen gerufen. So wird der Arbeit ein hoher Stellenwert gegeben. Wer sich anders verhält, ist ein Sünder.«

»Wie Therese Bär?«, fragte Nicole.

»Da war es eher die fleischliche Sünde.«

»Also Willy Röthlisberger, der Tote von der Schrecknadel«, sagte Müller.

»Genau. Der hat den Tag im Müßiggang an sich vorbei ziehen lassen und sich über die Leute im Tal lustig gemacht.«

»Also ist Beat Eichenberger zu ihm hochgestiegen, hat ihn bekehren wollen ...«

»... Willy hat ihn ausgelacht ...«

»... und Beat hat die Kühe aufgeschreckt, die zu nahe an den Abgrund geraten sind.«

Ramseier nickte und sagte: »Wenn er zum richtigen Zeitpunkt eine Mutterkuh mit ihrem Kalb in die Herde stellt ...«

»... und das Tier kennt den Senn nicht ...«

»... dann greift es ihn sofort an, wenn er dem Kalb zu nahe kommt.«

»Da Willy vom Jungtier nichts weiß, reicht ein falscher Schritt, ein schnelles Zurückweichen.«

»Und wenn die Kuh wieder unten ist, kannst du lange nach Beweisen suchen.«

»Wer hat denn die Herde geholt, damals?«, fragte Müller.

»Das war Beat. So etwa wird es gewesen sein. Genau weiß es keiner. Denn die menschliche Gesellschaft hat sich zusammengetan zur Überwindung der Knappheit. Deshalb wird gearbeitet. Und wenn eine Knappheit an religiösem Eifer besteht, muss jemand dafür sorgen, dass sich die Menschen wieder dem alten Glauben zuwenden. Falls der Pfarrer dazu nicht in der Lage ist, muss das ein Gemeindemitglied erledigen.«

»Wenn ich das richtig verstanden habe«, meinte Lucy, »wenn ein Mangel an Leichen besteht, muss man jemanden töten.«

»Ob die Theorie derart schlüssig ist, weiß ich nicht«, antwortete Ramseier. Dann schnaubte er durch die Nase und ergänzte: »Wir kommen in das Alter, in dem das Wäldchen langsam abgeholzt wird. Viele Menschen machen in ihren Geschichten ihre Arbeit so wichtig, dass sie überzeugt sind, ohne sie gehe gar nichts mehr. Dann stürzen sie sich umso stärker auf jede Überstunde, um so das Mitleid der anderen zu erregen und sich selber zu beweisen, dass sie unersetzlich sind. Es ist aber keiner unersetzlich. Das hat etwas Bedrohliches, aber auch viel Tröstliches. Es zeigt sich selbst beim Workaholic daran, dass er seine alte Arbeit ganz schnell als eher unwichtig einstuft, sobald er eine neue hat. Alle anderen können sich zurücklehnen und sagen: ›Es geht auch ohne mich. Warum soll ich mich dann so sehr über die Arbeit aufregen? Es profitieren nur meine Vorgesetzten, die mich besser unter Druck setzen können.‹«

Aber das sind halt Tugenden, nach denen der Zeitgeist eben nicht schreit wie ein Hirsch nach einer Wasserquelle ...

»Darf ich fragen, was mit deiner Frau geschehen ist?« Müller unterbrach Ramseiers Redeschwall nur ungern, aber er wollte in der Sache weiterkommen. »Sie ist doch bereits vor Röthlisberger gestorben.«

Der Alte blickte aus dem Fenster in die Ferne. Nach einigen Sekunden, in denen Müller bereits einen Rückfall befürchtet hatte, regte er sich wieder und sagte: »Sie ist im Winter in die Ilfis gestiegen. Ihre schweren Kleider haben sich schnell mit Wasser voll gesogen, und da Barbara nicht schwimmen konnte, hatte sie keine Chance.«

»Ein klassischer Selbstmord also. Aber du sprichst die ganze Zeit von einem Mörder. Weshalb?«

»Es ist eine Familiengeschichte. In früheren Jahrhunderten wurden die Höfe im Emmental innerhalb der Familie an den jüngsten Sohn vererbt. So konnten die Eltern möglichst lange wirtschaften, bevor sie ins Stöckli verbannt wurden, verbraucht von einem frommen, arbeitsamen Leben und für damalige Zeiten alt. Barbara war vor meiner Zeit Paul Eichenberger versprochen, dem Onkel von Werner, ebenfalls Käser im Schattgraben. Einen Monat vor der Hochzeit – die Verlobung hatte man bereits gefeiert – entdeckte Paul seine religiöse Sendung und verschwand als Missionar auf die Philippinen. Keiner hat mehr etwas von ihm gehört. Man hat gemunkelt, seine sexuellen Interessen hätten keineswegs den Frauen gegolten, was man aber damals in dieser Gegend nicht auf die Fahne geschrieben hat. Es war also eher die Angst vor dem Weib, die ihn aus dem Land getrieben hat.«

»Du hast Barbara später geheiratet?«, fragte Nicole.

»Nach einem schicklichen Jahr Wartezeit haben wir uns vermählt. Ich hatte früher schon ein Auge auf sie geworfen, und sie fand mich auch nicht unsympathisch. Als Bergbauernsohn ohne Geld war jedoch kein Kraut gewachsen gegen die Abmachung der Eltern, denn die geplante Hochzeit mit dem Käser versprach, das Glück ins Haus zu bringen. Obwohl jetzt alle hätten froh sein können, dass die Angelegenheit ein befriedigendes Ende gefunden hatte ohne Gesichtsverlust für die Beteiligten, hat uns niemand im Dorf diese Verbindung verziehen. Zu mächtig waren die Interessen der Familien. Erst als ich meine Stelle bei der Bahn erhielt und der Hof zum Nebenerwerb wurde, ist nach langen Jahren etwas Ruhe eingekehrt. Deshalb habe ich es mir auch erlaubt, das ganze Tal mit meiner geistigen Verwirrung zum Narren zu halten.«

»Aber die Familie Eichenberger hat keine Ruhe gegeben«, konstatierte Nicole.

»Immer wieder wurde meine Frau angegangen. Dass sie von Pauls Eltern verleumdet wurde, konnten wir ja noch verstehen. Aber selbst sein Neffe hat uns regelmäßig schikaniert, bei der Milchabnahme betrogen oder die Qualität schlecht geredet. Über die Jahre ist es etwas eingeschlafen, bis Beat auf den Plan getreten ist, als er in seinen religiösen Wahn verfallen ist. Meine Frau hat sich über die Jahrzehnte als Kräuterkundige und Gartenkünstlerin Beachtung verschafft. Alle Tage kamen Bäuerinnen zu uns, die von ihr lernen wollten. Barbara hat die Pflanzen nach dem Mondkalender gesät, gepflegt und geerntet. Zur Bekämpfung der Schädlinge hat sie mit dem Ungeziefer gesprochen. Sie hat mit Milben und Käfern Verträge geschlossen, ihnen einen Anteil am Ertrag versprochen und sie darauf verpflichtet, die Ernte der Menschen unangetastet zu lassen. Ich fand das zwar mit ziemlich viel Aberglauben verbunden, aber unerklärlicherweise hat es funktioniert. Im Gegensatz zu Habegger hat Barbara stets auf die lange Tradition der Kräuterhexen verwiesen, was in der Zeit boomender Esoterik natürlich besonders gut angekommen ist.«

»Aber nicht beim jungen Eichenberger«, sagte Müller.

»Barbara ist immer noch jeden Sonntag zur Predigt gegangen. Dort hat man Beat nie gesehen. Seine Religion war ein privater Bekehrungskrieg, unter dem auch meine Frau zu leiden hatte. Er hat sie so sehr bedrängt und vor allen anderen schlecht gemacht, dass Barbara keinen anderen Ausweg mehr gesehen hat. Ganz genau habe ich es immer noch nicht verstanden. Und Beweise, Beweise habe ich keine.«

Ramseier schwieg. Überhaupt war es still in der Gaststube. Alle Blicke waren auf die Drei gerichtet, wie wenn weitere Enthüllungen im Raum stünden.

»Und die Morde in der vergangenen Woche? Hängen die auch mit dem Vorangegangenen zusammen?« Müller fragte niemand Bestimmten.

»Ich habe es nicht genau herausgefunden«, antwortete Ramseier. »Meine Theorie lautet so: Bähler hat geahnt, was vorgefallen ist, und hat Eichenberger erpresst.«

»Dann hätten ihn Vater und Sohn auf dem Gewissen«, ergänzte Nicole.

»Ziemlich sicher«, sagte Ramseier.

Müller nahm sein Handy aus der Innentasche seines Jacketts, rief Spring im *Hirschen* an und gab ihm die Details weiter. Sie würden gemeinsam zu Eichenberger, der ja nicht zum Bluttest angetreten war, hinausfahren. Müllers Auto stand in Bern, und einen Verdächtigen verhaften durfte auch im Emmental nur die Polizei.

Dann fuhr Ramseier weiter: »Soviel ich weiß, war Bähler der Liebhaber von Therese Bär. Ich will die Frau ja nicht schlecht machen. Sie kam mit Ernst aus der Stadt und war ein anderes Leben als bei uns Hinterwäldlern gewohnt. Und dann mit diesem ›Sürmel‹ auf der Wildegg! Ernst ist in die Stadt abgehauen, weil er was Besseres als ein Bergbauer sein wollte. Dann ist er mit dieser Aussteigerin wieder angetanzt und hat den Elternhof übernommen, als die beiden alten Leutchen kurz nacheinander gestorben sind. ›Liederlich‹ ist das Netteste, was man über das Wirtschaften dort oben sagen kann, außerdem war Ernst regelmäßig betrunken. So mochte man Therese eine Abwechslung wohl gönnen.«

»Dann hat es doch der Ernst getan«, sagte eine laute Stimme vom Nebentisch.

»Ich glaube eher«, Ramseier wandte sich an seinen Vorredner, »dass Housi der Therese alles über seine Erpressung gesagt und ihr Hoffnungen auf eine bessere Zukunft gemacht hat. Sie musste also sterben, weil sie zu viel wusste.«

»Und der Gemeindeschreiber?«, wollte dieselbe Stimme wissen.

»Hat auch in der Angelegenheit rumgestochert. Du erinnerst dich, dass er alle immer wieder nach den ungeklärten Todesfällen gefragt hat. Vielleicht hat ihm Therese in letzter Not mehr erzählt.« Dann wandte er sich wieder Nicole und Heinrich zu, der zum Aufbruch drängte und beinahe schon rief: »Das werden wir gleich den Eichenberger fragen.«

»Nicht so hastig«, wandte Ramseier ein, »wie ich schon sagte: Arbeit, Liebe, Familie. Von heute an in der korrekten Reihenfolge!«

Sonntagnachmittag, 24.9.2006

Der Störfahnder Bernhard Spring und sein Berner Polizeiautofahrer waren inzwischen beim *Bären* angekommen, Müller und Himmel stiegen zu, und die rasende Fahrt in den Schattgraben konnte beginnen. Die Sirene des Polizeiwagens verschreckte die Kühe im Tal, die solch wabernde Echoschreie nicht gewohnt waren. Der Wagen verschreckte bestimmt auch eine Menge von Leuten, die links und rechts der Talstraße wohnten, während er über die letzten liegen gebliebenen Blumen von der Alpabfahrt preschte.

Dunkle Wolken erweckten einen noch düstereren Eindruck vom Schattgraben, als er ohnehin schon bot. Da außer ihnen niemand unterwegs war, gab es auch keinen Grund, die Geschwindigkeit zu drosseln. Nur die Abzweigung von der Straße auf die Wildenalp hatte sie zu einem kurzen Bremsen veranlasst. Der Wagen brauste am Minger-Denkmal vorbei, der Luftzug wehte die ersten Herbstblätter von den Bäumen auf das Haupt des BGB-Bundesrats.

Nach der letzten Kurve vor der Käserei trat der Polizist unvermittelt auf die Bremse, so hart er konnte. Das Auto schlingerte, die Sirene seufzte, die Menschen wurden nur noch durch den trägen Widerstand der Gurte in ihren Sitzen gehalten. Dann stand der Polizeiwagen. Die Pneus rauchten.

Zwanzig Zentimeter vor der Kühlerhaube erhob sich eine massige Sperre aus Emmentaler-Laiben aus der Felsenhöhle, die zu einer beinahe drei Meter hohen Wand aufgetürmt waren, sodass der Blick nicht weiter als bis zu den gräulich-braunen Käsen reichte. Aber nicht alle lagen so sicher, dass ein Stoß sie nicht ins Wanken gebracht hätte. 100 Kilo Hartkäse wären selbst für den stärksten Bernerschädel zu viel.

»Das war knapp«, flüsterte Spring mit heiserer Stimme, und man wusste ob der lakonischen Aussage nicht, ob Emmentaler-Straßenbarrikaden zu seiner Alltagserfahrung gehörten oder ob er derart verblüfft war, dass es ihm die Sprache verschlagen hatte. Alle vier stiegen leicht benommen aus dem Auto. Sie konnten eine leise Bewunderung für die Käse-Mauer nicht unterdrücken. Aber nach dem ersten Schock drängte Müller zur Eile.

Sie rannten die letzten 100 Meter zur Käserei. Auf den Treppenstufen saß Ursula Eichenberger, heulend.

»Was ist passiert?«, riefen alle durcheinander.

»Mein Sohn«, schluchzte die unscheinbare Frau, und dann: »Mein Mann.«

»Wo!«, schrie Spring sie an.

»Oben«, presste sie hervor, und: »In der Schlucht.« Dabei zeigten ihre beiden Arme in verschiedene Richtungen.

Spring und Müller rannten die Treppe hoch, während Nicole versuchte, die Käsersfrau zu beruhigen. Der Polizist bestellte ein Krankenauto, einen weiteren Einsatzwagen und die Spurensicherung, die sich nach dem anstrengenden Morgen einen Schoppen im *Ochsen* Lützelflüh gönnte und nur noch bedingt einsatzfähig war.

Spring stieß im Dachgeschoss an eine verschlossene Tür. Er stemmte sich mit der Schulter dagegen, aber sie wollte nicht nachgeben. Müller, der hinterher gehastet war, überließ die Knochenarbeit dem Jüngeren, der außerdem als Polizist für diese Aufgabe besser bezahlt war. Es brauchte drei Anläufe, bis das Holz nachgab und vom Schloss wegsplitterte.

Dann standen die beiden im Dachboden. Das hohe Walmdach hätte architekturliebende Menschen in seiner Konstruktion begeistert, wenn nicht an einem der Dachträger, von dem ein Querbalken zur Verstärkung des Walmdachsparrens abging, ein Mann gehangen hätte: Beat Eichenberger in der Position des Gekreuzigten, die Handgelenke um den Balken gebunden, den Hals in einer Schlinge, den Kopf schlaff über der eingesunkenen Brust.

Da blieb nichts mehr zu tun.

Unten auf dem Bretterboden lag ein handgeschriebener Zettel mit einer letzten Botschaft: »Würden nur die in Werk und Tat vollkommenen Menschen errettet, wäre das Paradies ein öder Ort und das ewige Leben ein leeres Versprechen. Wir alle werden aber errettet durch das Blutopfer auf Golgatha, durch Jesus Christus' einzigartige Botschaft, mit der er uns unsere Sünden vergibt. Keiner wird ohne Fehl durchs Leben gehen. Auch ich habe gesündigt. Nun büße ich wie der Sohn Gottes.«

Ob diese Zeilen dem Sinn der biblischen Botschaft entsprachen oder zusammen mit dem inszenierten Selbstmord eher an Blasphemie grenzten, wagte Müller nicht zu beurteilen.

Spring mahnte inzwischen zur Eile. Der Polizist sollte das Haus sichern, Nicole bei der Käsersfrau bleiben, während sich Müller und der Störfahnder nach hinten in die Schlucht begeben würden, die beiden unbekannt war. Nach weiteren 400 Metern endete der asphaltierte Weg und verengte sich zu einem schmalen Fußpfad, der in den Wald unterhalb der Scheidegg führte. Oben war noch knapp das Wildbärgli zu sehen, von dem die Schrecknadelflue abfiel. Dann verschluckte die Schattenschlucht das Licht und die Geräusche der Außenwelt. Mit einem leisen Knistern fielen einige Blätter zu Boden, und man wusste nicht, war es das Blatt selber, das dieses Geräusch erzeugte, oder war es ein Tier am Waldboden, das erschreckt vor den beiden Monstern flüchtete.

Die Gneiswand, die unvermittelt vor ihnen aufragte, ging erst 20 Meter weiter oben wieder in flacheres Gelände über. Jedenfalls ließ die Abbruchkante in der Höhe darauf schließen. Um diese Kante zu erreichen, musste man jedoch auf einer Leiter emporsteigen. Jedes Leiterstück war drei bis vier Meter lang und reichte bis zu einer aus dem brüchigen Fels herausgehauenen Plattform, um dann ein Stockwerk weiter hinaufzuführen. Viel Vertrauen hatte Müller in die verrosteten Sprossen nicht. Offenbar war jahrelang nichts mehr an dieser Verbindung auf die Alp gemacht worden. Jedenfalls warnte ein Schild ›Betreten auf eigene Gefahr‹ vor der Besteigung.

Aber was blieb ihnen anderes übrig? Auf dem dritten von fünf Absätzen stand Werner Eichenberger und brüllte etwas nach unten, das man nicht verstand. Spring hatte bereits den ersten Absatz erreicht und peilte die zweite Leiter an. Müller hatte Mühe, ihm zu folgen und erreichte ihn auf einem kleinen Platz von zwei Quadratmetern, der als Plattform zwischen dem Abschnitt zwei und drei diente. Ein Stockwerk weiter oben befand sich der Käser, dessen Worte nun deutlich zu verstehen waren.

»Keinen Schritt weiter oder ich stürze mich ins Tal hinunter«, schrie er Spring zu. Müller sah er nicht, da er hinter dem Vorsprung verborgen war. »Wer sind Sie? Was wollen Sie von mir?«

Nun wagte sich der Detektiv aus der Deckung und brüllte nach oben: »Mach keinen Unsinn, Werner. Wir haben deinen Sohn gefunden. Deine Frau braucht dich.«

Gleichzeitig wusste er, wie dumm diese Aussage war. Aber wer hätte in einer solchen Situation die richtigen Worte gefunden?

»Wo willst du denn hin? Oben wartet bestimmt schon die Polizei. Gib auf, Eichenberger«, rief Spring nach oben.

»Bleibt zurück. Ihr seid doch alle ein Teil der Verschwörung gegen mich.« Er machte Anstalten, sich zu setzen.

Müller stieg einige Treppenstufen hoch, um in vernünftiger Lautstärke mit dem Käser reden zu können.

»Werner, erklär mir ein paar Dinge. Ramseier hat mir eure Familiengeschichte erzählt und auch die Schuld, die deinen Sohn trifft. Warum aber musste Housi Bähler sterben?«

»Der Einwäger wollte von der *Moloko*-Vertragskündigung profitieren und hat mich erpresst. Er würde sein Wissen über Beat weitergeben, wenn ich nicht die Hälfte der Emmentaler in der Sandsteinhöhle lagere und sie ihm später zu einem billigen Preis verkaufe. Er wollte sie dann in den *Moloko*-Kreislauf einspeisen und damit erkleckliche Gewinne machen. Jetzt kann er schauen, wo er bleibt. In der Hölle kann er seinen Käse fressen. Ich hab ihn schon mal rausgestellt, damit er ihn abholen kann.«

»Und Therese?«, fragte Müller weiter.

»Da ist auch der Housi dran schuld. Er musste seiner Hure alles erzählen, was er über uns wusste. Wie konnte ich sie da am Leben lassen?«

»Du hättest also in Kauf genommen, dass der Ernst unschuldig im Knast schmort.«

»Der Hurensohn hat nichts Besseres verdient. Erst seine Eltern im Stich gelassen, dann eine Schlampe aus der Stadt angeschleppt und schließlich das ganze Heimet versoffen.«

»Und Fankhauser Jürg? Das war doch eine unnötig blutige Arbeit.«

»Aber Arbeit war es allemal. Und zwar gottgefällige Arbeit. Gott hat den Menschen nicht dafür geschaffen, hinter anderen herzuschnüffeln. Jeder soll sich um die eigenen Dinge kümmern. Außerdem hat er mir damit gedroht, eine alte Rechnung zu begleichen. Ich hätte ihm Geld bringen sollen, an die Brücke, letzte Nacht. Ich hab ihm den verdienten Tod gebracht.«

»Was für alte Rechnungen?«

Werner Eichenberger begann zu schluchzen. »Beat ist mit seiner Tochter Linda nach Bern abgehauen, damals. Sie haben beide Drogen eingeworfen, auf Partys. Ecstasy, LSD, Kokain. Du weißt, was aus Beat geworden ist.« Er schniefte auf. »Jürgs Tochter ist nicht mehr zurückgekommen. Sie hat die Kombination verschiedener Pillen mit Alkohol nicht überlebt.«

Nun war Müller sprachlos.

Dann meldete sich Eichenberger ein letztes Mal zu Wort: »Als Nächster wäre der Käser von der Nassalp hinter dem Wildbärgli drangekommen. Der hat sich gebrüstet mit seinen innovativen Produkten und mich einen armseligen Ewiggestrigen genannt, der seine Familie nicht im Griff habe. Minger-Kräuter-Käse, Vehfreud-Mutschli, Galli-Kugeln und solchen Mist produziert der Mann. Und will mir mit Erneuerung kommen, der Hund. Den hol ich mir jetzt!«

Eichenberger hatte sich in Zorn geredet und griff nach der nächsten Leitersprosse.

»Bleib stehen!«, rief Müller. Hinter ihm zückte Spring seine Dienstwaffe und schrie: »Hände hoch!«

Aber es war zu spät. Drei, vier kräftige Tritte brachten den schweren Mann auf die obersten Sprossen, der fünfte war einer zu viel. Die rostige Leiter brach unter dem ungewohnten Gewicht durch, Eichenberger Werner verlor – noch mit den Armen fuchtelnd – ganz langsam das Gleichgewicht und stürzte dann bedächtig zu Tal, in einer seltsam schwebenden Schwere, mit der seine Gedanken bereits zu Lebzeiten um Ehre und Rache gekreist waren.

Sonntagabend, 24.9.2006

Im Emmentaler Kurzgraben war innert weniger Tage die Welt, wie man sie gekannt hatte, zusammengebrochen. Im Berner Breitenrainquartier hatte sich nichts verändert. Immer noch rief das Graffito dazu auf, Bush zu ficken, nach wie vor funktionierte der öffentliche Nahverkehr, der schwarze Opel stand, wo Müller ihn abgestellt hatte, die Haustüre war unversehrt. Warum auch hätte es anders sein sollen?

Heinrich Müller führte Nicole Himmel die Treppe hinauf in seine Bürowohnung, ohne sich Gedanken über deren Sauberkeit zu machen. Baron Biber würde bei seinen wilden Spielen die Teppiche zerwühlt haben und nun friedlich auf seiner Decke schlafen. Vielleicht legte er sich ausnahmsweise zu einem von ihnen beiden auf die Knie und half bei der Entladung der Anspannung, die beide noch gefangen hielt.

In der Küche suchte Henry nach dem Beutel mit Bavette, einer oval geformten Sorte Spaghetti, an der die Sauce besser haften sollte. Es musste improvisiert werden an diesem Sonntagabend, aber eine Büchse Pelati oder gar ein vorgefertigtes Pesto

Rosso war immer im Haus, und an Wein mangelte es bestimmt nicht.

Nicole traute den Kochkünsten des Detektivs weniger als seiner Ermittlungsarbeit, deshalb schickte sie ihn aus der Küche raus. Er musste sowieso die Katze füttern. Als er am Badezimmer vorbeikam, bemerkte er, dass er vergessen hatte, das Brot aus der Backmaschine herauszunehmen. Er öffnete den Deckel. Es sah wunderbar frisch aus, hatte aber bereits etwas Wasser gezogen, sodass nur ein klebriger Klumpen aus der Aluschale herauszuwuchten war.

»Gibt es bei dir keine Küchen-Putzlappen?«, fragte Nicole mit einem missbilligenden Blick auf das Brot.

»Seit meine Freundin ausgezogen ist, habe ich die abgeschafft«, antwortete Henry. »Ich hab mich noch nicht richtig umgedreht, befinden sie sich bereits in der Phase ihres Lebens, die der Kantonschemiker als gesundheitsgefährdend bezeichnet.«

Er nahm Nicole bei der Hand und führte sie zu einer imaginären Musik zum Tanz. Sie drehten sich zwei Mal um ihre eigene Achse, blieben stehen und hielten sich an den Händen, ohne zu wissen, was daraus werden sollte.

So ein Tanzsaal gleicht dem Weltenraume, in welchem der Weltstoff schwimmt, aber in noch ungebundenen Atomen.

Henry und Lucy standen also eng nebeneinander, sein Arm lag auf ihren Schultern, ihre Hand auf seiner Hüfte. Sie sahen aus wie das Paar auf der berühmten Zeichnung von Paul Klee *Zwei Menschen, gegenseitig ihre Speckzonen begutachtend*. Obwohl, von Speckzone konnte zumindest bei Lucy keine Rede sein.

Dann verschwand Henry in seinem Büro, lud die wenigen E-Mails auf die Harddisk, löschte den religiösen Unsinn, weil er auf keinen Fall mehr daran erinnert werden wollte, schrieb einen kurzen Bericht und eine noch kürzere Rechnung an die Versicherung und machte sich an einem Blatt Papier zu schaffen.

Aus der Küche hörte er das Ploppen eines Korkens, vom Fensterbrett das zufriedene Schnurren von Baron Biber und dann eine helle Stimme, an die er sich bereits gewöhnt hatte und die ihn zum Essen rief.

Henry trat in die Küche, die Hände hinter dem Rücken versteckt, als Lucy ihm ein Glas Rotwein zum Anstoßen entgegenstreckte. Er nahm es mit seiner Linken und sagte: »Auf uns beide!«

Dann zog er die Rechte hinter seinem Rücken hervor, in der er einen Zettel hielt, auf dem in goldenen Buchstaben stand: *Detektei Müller & Himmel*.

ENDE

Glossar

Affinage	*Veredelung (z. B. beim Käse)*
Amtsgefängnis	*im Amt (entspricht einem Bezirk, einer Region) werden die administrativen Alltagsbedürfnisse befriedigt*
Bätzi	*Obstbranntwein, Tresterbranntwein*
Bauernsame	*die gesamte Bauernschaft*
Beret	*flache Kopfbedeckung für Männer*
Bise, Biswind, Bysennebel	*kalter Nord-, Nordostwind, der den Nebel ins Tal hinunter drückt*
bläfzgen	*schimpfend, wütend rufen*
Bränte	*Milchtragekessel, auf den Rücken gebunden*
Brotraufl	*Brotrinde*
Chästeilet	*Verteilung der Käselaibe am Ende der Alpsaison*
Chueli	*kleine Kuh*
Einwäger	*Käseaufkäufer für eine Handelsfirma*
Fluh, Flue	*steil abfallende Felsflanke*

Jeremias Gotthelf	*1797-1854, Pfarrer und Schriftsteller, dessen Romane hauptsächlich die bäuerliche Welt des Emmentals beschreiben; von ihm stammen die kursiv gedruckten Zitate, und zwar aus »Der Ball« und aus »Käserei in der Vehfreude«*
Grassode	*Gras mit dem zugehörigen Erdboden*
Guschti	*einjährige Kuh, hat noch nicht gekalbt und gibt deshalb keine Milch*
Hamme	*Schinken, meist mit Bein gekocht*
Heimet, Heimetli	*kleineres Bauerngehöft*
Jass, Jasser	*schweizerisches Kartenspiel, dazu gehören ein Jassteppich zum Spielen und eine Schiefertafel zum Notieren der Ergebnisse*
Mutz	*Berndeutsch für »Bär«*
Neu und Wedel	*auf- und absteigender Mond*
Pfründe	*Profit, der aus einem Gut gezogen wird, oft auf (vorgeblich) altem Recht beruhend*
Rösti	*geraffelte Kartoffeln, die – mit verschiedenen Zuta-*

	ten – zu einem Kuchen gebraten werden
Ründi	*abgerundetes Dachstück über der Frontseite eines Bauernhauses*
Salztränen	*Salzablagerungen in den Löchern von lange gelagertem Emmentaler Käse*
Satteldach	*spitz zulaufendes Dach mit zwei Dachflächen und einem Dachfirst*
Sichlete	*Erntedankfest im Emmental*
sömmern	*das Vieh auf der Alp weiden*
Stange	*hier: ein 3-dl-Glas abgezapftes Spezialbier*
Stöckli	*Nebenhaus beim Bauernhof, meist für die Eltern, die den Hof übergeben haben*
Storzen	*verdickter Stängel bei Gemüse, z. B. bei Rosenkohl*
Sürmel	*unzuverlässiger, manchmal langsamer Mensch*
Tennstor	*Einfahrt ins Tenn, auf die Heubühne*
ViCLAS	*Violent Crime Linkage Analysis System (Analyse-System zum Verknüpfen von Gewaltdelikten)*
Walmdach	*Satteldach, das auch auf den Giebelseiten Dachflächen aufweist, also vier Dachflächen und einen Dachfirst besitzt*

werchen	*arbeiten*
Zucchetti	*Zucchini, grünes, längliches Gemüse aus der Kürbisfamilie*

Personenverzeichnis

Heinrich Müller: *Privatdetektiv Detektei ›Aubois und Müller‹, Ex-Polizist, wohnt in Bern, ca. 50 Jahre alt, genannt Henry, Henri, Heiri; als Verkörperung seiner dunklen Seite: Henry Miller*

Nicole Himmel: *Ethnologiestudentin, arbeitet aushilfsweise im Bären Kurzenau als Bedienung, wird zur Gehilfin des Detektivs; als Verkörperung ihrer dunklen Seite: Lucy*

Baron Biber: *der Kater von Heinrich Müller, heißt mit vollem Namen Baron Tartine Biber der Erste*

Werner Eichenberger: *Käser im Schattgraben*
Ursula Eichenberger: *seine Frau*
Beat Eichenberger: *ihr Sohn*

Paul Eichenberger: *Onkel von Werner, verschollen auf den Philippinen*

Hans ›Housi‹ Bähler: *Einwäger von Moloko*

Moloko: *Milch- und Käsekonzern*

Ernst Bär: *Bauer auf der Wildegg, Bruder von Fritz Bär*
Therese Bär, geborene Waber: *Frau von Ernst, aus der Stadt Bern zugezogen*

Rudolf ›Rüedu‹ Graber: *Bauer im Kurzgraben, Cousin von Ulrich*
Doris Graber: *seine Frau*

Ulrich ›Üelu/Ueli‹ Graber: *Bauer im Kurzgraben, Cousin von Rudolf*
Leni Graber: *seine Frau*

Fritz Bär: *Bauer und Wirt auf der Wildenalp, Bruder von Ernst Bär*
Marie Bär: *seine Frau*

Heinz Zürcher: *Wirt im Bären Kurzenau*
Sabine Zürcher: *seine Frau*

Lilly, eigentlich Liliane: *Tages-Bedienung im Bären Kurzenau*

Werner Ramseier: *Dorforiginal von Kurzenau*
Barbara Ramseier: *seine Frau*

Willy Röthlisberger: *Bauer, Senn auf der Wildenalp*

Jürg Fankhauser: *Gemeindeschreiber von Kurzenau*
Therese Fankhauser: *seine Frau*
Linda Fankhauser: *ihre Tochter*

Hermann Blaser: *Kantonspolizist in Kurzenau*

Hans Zaugg: *Kantonspolizist in Langnau*

Bernhard Spring: *Störfahnder der Berner Kantonspolizei, einer, der eingesetzt werden kann, wo es ihn eben braucht*

Peter Hofer: *Kontaktmann der Versicherung*

Weitere Krimis finden Sie auf den folgenden Seiten und im Internet: www.gmeiner-verlag.de

Verena Wyss
Todesformel

327 Seiten, 11 x 18 cm, Paperback.
ISBN 978-3-89977-749-9. € 9,90.

Die Anwältin Jennifer Bach lebt in Basel. Oft fährt sie nach Hochberg, einem beschaulichen Dorf in den schweizerischen Jurahöhen, um ihre mütterliche Freundin Alja Berken zu besuchen und die Natur zu genießen. Doch die idyllische Landschaft trügt, denn längst hat das Böse auch hier sein Netz gespannt.
Nach und nach erkennen die Frauen die Gefahren, die auf sie lauern. Zunächst findet Alja eine mysteriöse CD-ROM in einem toten Briefkasten, dann wird nachts in Jennifers Haus eingebrochen. In einem Garten taucht eine Hand auf, ein Mann wird erschossen. Immer tiefer geraten die Frauen in das Räderwerk von Wirtschaft, Politik und Verbrechen. Bis sie schließlich erkennen, dass sie einen Schlüssel besitzen, der mehr ist als eine bloße Formel.

Paul Ott (Hrsg.)
Bodensee-Blues

120 Seiten, 11 x 18 cm, Paperback.
ISBN 978-3-89977-721-5. € 5.-.

An einem denkwürdigen Tag im Jahr 2006 kommt der arbeitslose Betriebswirt Kai Wagner auf eine Idee, die sein Leben verändern soll: In Singen gründet er das Transportunternehmen Fuhrwerke Wagner und stellt Susi Unternährer aus Schaffhausen als Sekretärin an.
Sein erster Transport führt Kai bereits über die Grenze und jagt ihm einen gehörigen Schrecken ein. Die Sekretärin übernimmt mehr und mehr die Leitung des Geschäfts. In den stillen Wassern des Bodensees treibt eine Leiche am turtelnden Pärchen vorbei. Und als eine Oma zur Uzi greift, bricht die Hölle los ...

KRIMI IM GMEINER-VERLAG

Wir machen's spannend

C. Puhlfürst / P. Steps (Hrsg.)
Mords-Sachsen 2

373 Seiten, 11 x 18 cm, Paperback.
ISBN 978-3-89977-753-6 . € 9,90.

Sachsens literarisch-düstere Seiten zeigten sich bereits in der Krimianthologie »Mords-Sachsen«. Und auch in der vorliegenden Fortsetzung geht es nicht weniger spannend zu.
20 Autoren faszinieren den Leser mit heimtückischen Verbrechen, geheimnisvollen Orten, raffinierten Tätern und unvorstellbaren Abgründen der sächsischen Seele. Dabei führen die literarischen Reisen sowohl in die Metropolen des Freistaates, als auch in seine beschaulichen ländlichen Gegenden.

Franziska Steinhauer
Menschenfänger

321 Seiten, 11 x 18 cm, Paperback.
ISBN 978-3-89977-752-9. € 9,90.

Großeinsatz der Polizeikräfte in Brandenburg. Der brutale Vergewaltiger und mehrfache Mörder Klaus Windisch ist aus der Justizvollzugsanstalt Cottbus-Dissenchen entflohen.
Zeitgleich wird in einem Cottbuser Mietshaus eine mit Maden übersäte weibliche Leiche entdeckt. Steht Windischs Flucht in Zusammenhang mit dem grauenvollen Fund? Hauptkommissar Peter Nachtigall läuft die Zeit davon, denn bereits am nächsten Tag wird wieder eine Tote gefunden – eine junge Frau, die in ihrer Wohnung bestialisch zu Tode gefoltert wurde.

Christian Gude
Binärcode

279 Seiten, 11 x 18 cm, Paperback.
ISBN 978-3-89977-762-8. € 9,90.

Hauptkommissar Karl Rünz gerät auf einer Brachfläche im Norden Darmstadts in einen Hinterhalt. Ein Unbekannter fällt einem Scharfschützen zum Opfer und beinahe hätte es auch ihn erwischt.
Kaum aus dem Krankenhaus entlassen, steht Rünz vor zwei existenziellen Fragen: ›Werde ich wirklich mit Nordic Walking anfangen?‹ und ›Wer hat diesen dicken Italiener ermordet?‹ Und dann ist da noch dieses rätselhafte, verschlüsselte Signal aus dem All, auf das er sich keinen Reim machen kann..

Ulrike Blatter
Vogelfrau

278 Seiten, 11 x 18 cm, Paperback.
ISBN 978-3-89977-761-1. € 9,90.

Ob Kommissar Erich Bloch ahnt, auf welch gefährlichem Terrain sich seine Tochter Eva seit einigen Wochen bewegt? Aber für Privates hatte dieser Vollblut-kriminalist noch nie viel Zeit und gerade jetzt hält ihn ein äußerst verworrener Fall in Atem: Professor Hoffmann, ein bekannter Wissenschaftler, der seit Jahren mit archäologischen Sensationsfunden für Schlagzeilen sorgt, wurde ermordet im Archäologischen Landesmuseum Konstanz aufgefunden. Erschlagen mit einer Steinzeitaxt. Der einzige Mordzeuge ist ein Mops – und der schweigt, naturbedingt, hartnäckig.

KRIMI IM GMEINER-VERLAG

Wir machen's spannend

Ella Danz
Nebelschleier

324 Seiten, 11 x 18 cm, Paperback.
ISBN 978-3-89977-754-3. € 9,90.

Leblos liegt Bernhard Steinlein in der Felsengrotte im Park des romantischen Schlösschens Rosenau – erwürgt und unter seinem Rollstuhl begraben.
Der Lübecker Kommissar und Feinschmecker Georg Angermüller hatte sich eigentlich auf ein paar entspannte Tage in seiner oberfränkischen Heimat gefreut. Doch nun wird er durch drei alte Jugendfreundinnen – die Töchter des Mordopfers – unfreiwillig in den Fall hineingezogen. Gleich die erste heiße Spur schmeckt dem gaumenverwöhnten Angermüller gar nicht: Der alte Steinlein war der größte Grundbesitzer im Umkreis und wollte seine Felder angeblich einem Saatgutkonzern für Gentechnikversuche verkaufen

Friederike Schmöe
Pfeilgift

278 Seiten, 11 x 18 cm, Paperback.
ISBN 978-3-89977-756-7. € 9,90.

Privatdetektivin Katinka Palfy braucht eine Auszeit. Sie nimmt deshalb in den Haßbergen bei Bamberg an einem Kurs in Bogenschießen teil. Mit Paula Stephanus, einer anderen Teilnehmerin, freundet sie sich an. Nach einer durchzechten Nacht liegt Paulas Mann Hagen tot im Wald: Sein Brustkorb wurde von einem Pfeil durchbohrt. Laut Obduktion starb er einen langsamen, qualvollen Tod, verursacht durch das Pfeilgift Curare.
Während die Polizei den Mörder jagt, bittet die verängstigte Paula Katinka um Schutz. Doch auch Paula ist verdächtig, immerhin wollte sie sich von Hagen trennen. Und von seinen Geschäften mit verbotenen Substanzen weiß sie auch mehr, als gesund für sie ist ...

KRIMI IM GMEINER-VERLAG

Wir machen's spannend

Das neue Krimijournal ist da!

2 x jährlich das Neueste aus der Gmeiner-Krimi-Bibliothek

KRIMI Journal
1/2008
Auf Leben und Tod
Die fesselnde Geschichte des ersten »Reinen Brauers«
Jochen Senf
In eigener Sache
Das Spiel des Jahrhunderts
Der Krimi zur Fußball-EM 2008
Die erfolgreichsten Krimi-Debüts 2007

ISBN 978-3-89977-950-9
kostenlos erhältlich in jeder Buchhandlung

In jeder Ausgabe:

- Vorstellung der Neuerscheinungen
- Hintergrund-informationen zu den Themen der Krimis
- Interviews mit den Autoren und Porträts
- Allgemeine Krimi-Infos (aktuelle Krimi-Trends, Krimi-Portale im Internet, Veranstaltungen etc.)
- Die Gmeiner-Krimi-Bibliothek (Gesamtverzeichnis der Gmeiner-Krimis)
- Großes Gewinnspiel mit ›spannenden‹ Buchpreisen

KRIMI IM GMEINER-VERLAG

Wir machen's spannend

Alle Gmeiner-Autoren und ihre Krimis auf einen Blick

Anthologien: Mords-Sachsen 2 (2008) • Tod am Bodensee • Bodensee-Blues • Mords-Sachsen • (2007) • Grenzfälle (2005) • Spekulatius (2003) **Artmeier, H.:** Feuerross (2006) • Katzenhöhle (2005) • Schlangentanz • Drachenfrau (2004) **Baecker, H-P.:** Rachegelüste (2005) **Bauer, H.:** Fernwehträume (2008) **Beck, S.:** Totenklang (2008) • Duftspur (2006) • Einzelkämpfer (2005) **Blatter, U.:** Vogelfrau (2008) **Bode-Hoffmann G./Hoffmann M.:** Infantizid (2007) **Bomm, M.:** Notbremse (2008) • Schattennetz • Beweislast (2007) • Schusslinie (2006) • Mordloch • Trugschluss (2005) • Irrflug • Himmelsfelsen (2004) **Bosch van den, J.:** Wassertod • Wintertod (2005) **Buttler, M.:** Dunkelzeit (2006) • Abendfrieden (2005) • Herzraub (2004) **Clausen, A.:** Ostseegrab (2007) **Danz, E.:** Nebelschleier (2008) • Steilufer (2007) • Osterfeuer (2006) **Detering, M.:** Puppenmann • Herzfrauen (2007) **Dünschede, S.:** Solomord (2008) Nordmord (2007) • Deichgrab (2006) **Emme, P.:** Ballsaison (2008) • Tortenkomplott • Killerspiele (2007) • Würstelmassaker • Heurigenpassion (2006) • Schnitzelfarce • Pastetenlust (2005) **Enderle, M.:** Nachtwanderer (2006) **Erfmeyer, K.:** Todeserklärung (2007) • Karrieresprung (2006) **Franzinger, B.:** Jammerhalde (2007) • Bombenstimmung (2006) • Wolfsfalle • Dinotod (2005) • Ohnmacht • Goldrausch (2004) • Pilzsaison (2003) **Gardein, U.:** Die letzte Hexe – Maria Anna Schwegelin (2008) **Gardener, E.:** Lebenshunger (2005) **Gibert, M.:** Nervenflattern (2007) **Graf, E.:** Elefantengold (2006) • Löwenriss • Nashornfieber (2005) **Gude, C.:** Binärcode (2008) • Mosquito (2007) **Haug, G.:** Gössenjagd (2004) • Hüttenzauber (2003) • Tauberschwarz • Riffhaie • Tiefenrausch (2002) • Höllenfahrt (2001) • Sturmwarnung (2000) **Heim, U.-M.:** Das Rattenprinzip (2008) • Totschweigen (2007) • Dreckskind (2006) **Heinzlmeier, A.:** Bankrott (2006) • Todessturz (2005) **Imbsweiler, M.:** Bergfriedhof (2007) **Karnani, F.:** Turnaround (2007) • Takeover (2006) **Keiser, G.:** Apollofalter (2006) **Keiser, G./Polifka, W.:** Puppenjäger (2006) **Klausner, U.:** Die Pforten der Hölle (2007) **Klewe, S.:** Wintermärchen (2007) • Kinderspiel (2005) • Schattenriss (2004) **Klingler, E.:** Königsdrama (2006) **Klugmann, N.:** Die Tochter des Salzhändlers (2007) • Kabinettstück (2006) • Schlüsselgewalt (2004) • Rebenblut (2003) **Kohl, E.:** Willenlos (2008) • Flatline (2007) • Grabtanz • Zugzwang (2006) **Köhler, M.:** Tiefpunkt • Schreckensgletscher (2007) **Koppitz, R. C.:** Machtrausch (2005) **Kramer, V.:** Todesgeheimnis (2006) • Rachesommer (2005) **Kronenberg, S.:** Weinrache (2007) • Kultopfer (2006) • Flammenpferd • Pferdemörder (2005) **Kurella, F.:** Das Pergament des Todes (2007) **Lascaux, P.:** Salztränen (2008) **Lebek, H.:** Schattensieger • Karteileichen (2006) • Todesschläger (2005) **Leix, B.:** Waldstadt (2007) • Hackschnitzel (2006) • Zuckerblut • Bucheckern (2005) **Mainka, M.:** Satanszeichen (2005) **Matt, G./Nimmerrichter, K.:** Schmerzgrenze (2004) • Maiblut (2003) **Misko, M.:** Winzertochter • Kindsblut (2005) **Puhlfürst, C.:** Rachegöttin (2007) • Dunkelhaft (2006) • Eiseskälte • Leichenstarre (2005) **Senf, J.:** Knochenspiel (2008) • Nichtwisser (2007) **Seyerle, G.:** Schweinekrieg (2007) **Schmitz, I.:** Mordsdeal (2007) • Sündenfälle (2006) **Schmöe, F.:** Pfeilgift (2008) • Januskopf • Schockstarre (2007) • Käfersterben • Fratzenmond (2006) • Kirchweihmord • Maskenspiel (2005) **Schröder, A.:** Mordsgier (2006) • Mordswut (2005) • Mordsliebe (2004) **Schuker, K.:** Brudernacht (2007) • Wasserpilz (2006) **Schneider,H.:** Ernteopfer (2008) **Schulze,G.:** Sintflut (2007) **Schwab, E.:** Angstfalle (2006) • Großeinsatz (2005) **Schwarz, M.:** Zwiespalt (2007) • Maienfrost • Dämonenspiel (2005) • Grabeskälte (2004) **Steinhauer, F.:** Menschenfänger (2008) • Narrenspiel (2007) • Seelenqual • Racheakt (2006) **Thömmes, G.:** Der Bierzauberer (2008) **Thadewaldt, A./Bauer, C.:** Blutblume (2007) • Kreuzkönig (2006) **Valdorf, L.:** Großstadtsumpf (2006) **Vertacnik, H.-P.:** Abfangjäger (2007) **Wark, P.:** Epizentrum (2006) • Ballonglühen (2003) • Albtraum (2001) **Wilkenloh, W.:** Feuermal (2006) • Hätschelkind (2005) **Wyss, V.:** Todesformel (2008) **Zander, W.:** Hundeleben (2008)

KRIMI IM GMEINER-VERLAG

Wir machen's spannend